Monika Seck-Agthe wurde 1954 in Hamburg geboren. Nach dem Studium der Sonderpädagogik und Kunsterziehung in Frankfurt am Main begann sie, als freie Autorin für Verlage und Fernsehen zu arbeiten. Sie schrieb zahlreiche Jugendbücher und Drehbücher. In den letzten Jahren wurden die tragikomischen Aspekte der Mann-Frau-Beziehung zum bevorzugten Thema ihrer Arbeit – das vorliegende Buch handelt davon. Monika Seck-Agthe ist verheiratet und lebt mit Mann und Sohn in Hamburg.

Nackt vorm Spiegel Nach mehr als dreißig Ehejahren wird Karla von ihrem Mann Günther verlassen, auf ziemlich rüpelhafte Weise. Der Endfünfziger hat sich Hals über Kopf in eine Zwanzigjährige verliebt und glaubt, in ihr die Frau seines Lebens gefunden zu haben, mit der er sein Alter – zumindest eine Weile noch – vergessen kann, so gut wie er sich gehalten hat. Aber Hochmut kommt vor dem Fall: Günthers Höhenflug verwandelt sich nach nicht allzu langer Zeit in eine schmerzhafte Schlittenpartie ins menschliche und berufliche Aus. Sein Architekturbüro geht pleite, die jugendliche Geliebte beglückt ihn mit der Geburt von Zwillingen und einer postnatalen Depression.
Karla hingegen gelingt es, nach dem ersten Schreck des Verraten- und Verlassenseins für sich eine passable Existenz aufzubauen.
Nur widerstrebend nimmt sie Günther wieder bei sich auf, als er nach einem gesundheitlichen Zusammenbruch »nach Hause« will. Doch Günther, von männlicher Selbstgefälligkeit noch lange nicht genesen, verspielt seine Chance auf absurde Art.
Eine alltägliche Geschichte voll boshafter Komik, die Mut machen kann, nach dem Ende einer Beziehung nicht in Panik zu geraten, weil es danach, vom Anfangsschreck einmal abgesehen, eigentlich nur besser werden kann.

Monika Seck-Agthe

Nackt vorm Spiegel

Roman

Fischer Taschenbuch Verlag

Für Arend

10.–11. Tausend: August 1997

Originalausgabe
Veröffentlicht im Fischer Taschenbuch Verlag GmbH,
Frankfurt am Main, März 1997

Gesamtherstellung: Clausen & Bosse, Leck
Printed in Germany
ISBN 3-596-13298-3

Herbst

Daß Günther sich verliebt hatte, erfuhr Karla an einem verkaufsoffenen Sonnabend im Oktober. Günther war in die Stadt gegangen, um bei seinem Herrenausstatter einen neuen Anzug zu bestellen.

Karla hatte den Teetisch gedeckt. Im Kamin brannte ein Feuer. Eine Kanne Earl Grey und englische Ingwerkekse standen bereit, als Günther heimkam und sich in seinen Ohrensessel plumpsen ließ.

Karla schenkte Tee ein. Sie bereitete sich darauf vor, sich anzuhören, was Günther berichten würde. Er würde sagen, daß die Verkäuferinnen in den Läden immer unfreundlicher würden, der Straßenverkehr immer dichter, die Jugendlichen, die durch die Stadt streunten, immer ungepflegter.

Karla fragte sich manchmal, ob Günther eigentlich merkte, daß er sich seit vielen Jahren wiederholte. Gefiel es ihm womöglich, sich wieder und wieder an den gleichen Themen entlangzuhangeln, so wie manche Menschen Trost fanden im Aufsagen festgelegter Gebete? Karla wußte es nicht. Als sie Günther die Schale mit den Keksen reichte, merkte sie, daß etwas Besonderes in der Luft lag.

Günther lehnte sich nicht, wie sonst, behaglich in seinem Sessel zurück. Er saß ganz vorne, auf der Kante, so daß sein Bauch wie ein voller Einkaufsbeutel über seinem Gürtel hing. Den Tee ließ Günther stehen. Statt dessen nahm er den Weinbrand vom Beistelltisch und trank einen großen Schluck aus der Flasche. Karla fiel auf, daß Günthers Haare ihm am Kopf klebten, so als schwitzte er heftig.

»Günther«, sagte Karla. »Ist irgendwas?«
»Allerdings!« erwiderte Günther. Er sprach wie aus der Pistole geschossen und in aggressivem Ton. »Mit uns ist es aus, Karla«, fuhr er fort. »Ich habe eine andere. Noch heute packe ich meine Koffer. Mit Heulen brauchst du gar nicht erst anzufangen. Mein Entschluß steht fest.«
Günther nahm einen weiteren Schluck aus der Flasche.
Während Karla zusah, wie sein Gesicht durch den hochprozentigen Alkohol rot anlief, ließ sie Günthers Worte auf sich wirken.
Was lösten sie in ihr aus? Jedenfalls keinen Schmerz.
»Wie kommst du darauf, daß ich weinen könnte?« fragte Karla. »Ich kann dich ganz gut verstehen. Deine Lebensuhr ist nahezu abgelaufen. Nun möchtest du noch einmal glücklich sein. Was ist dabei?«
Karla wunderte sich selbst über die kühlen, besonnenen Worte, die da aus ihrem Mund kamen. Der Alptraum einer jeden Ehefrau, das Verlassenwerden nach Jahrzehnten der Gemeinsamkeit, wurde in diesen Minuten Wirklichkeit für sie. Karla war Ende Vierzig. Sie hatte Übergewicht. Sie hatte keinen Beruf. Ihre Eltern waren tot. Warum fühlte sie sich nicht schlecht?
Günther starrte Karla an wie einen seltenen Käfer. »Du läßt mich gehen?« fragte er. »Einfach so?«
Karla nickte. Sie räumte die Teetassen zusammen und trug sie hinüber in die Küche.
Günther ging ins Schlafzimmer. Daß es so einfach gehen würde mit Karla, das hätte er nicht gedacht. Erleichterung weitete Günthers Brust. Plötzlich fühlte er sich wieder wie damals, als Junge, im Mai 1945, als der Krieg zu Ende war. Ein überwältigendes Gefühl von Lebendigkeit durchströmte ihn, eine wilde Freude auf die Zukunft, die plötzlich, nach langer Finsternis, strahlend vor ihm lag.

Günthers Blick fiel auf Karlas Hüfthalter, der zum Trocknen auf dem Wäscheständer hing. Ein monströses, fleischfarbenes Gebilde, das eher an ein Hilfsmittel aus dem Sanitätshaus erinnerte als daran, daß es dazu gedacht war, einen weiblichen Körper zu verhüllen. Günther mußte lächeln, als er an Majas Wäsche dachte. Hauchzarte Höschen, winzige Büstenhalter. Alles aus federleichter Seide, mit Spitzen, so fein gewebt, wie aus einer anderen Welt.

Als Günther weg war, setzte Karla sich vor den Fernseher. Sie liebte es, im Herbst, wenn es draußen ungemütlich wurde, schon am Nachmittag den Apparat einzuschalten und sich die alten amerikanischen Filme anzusehen, die es um diese Zeit gab. Aber heute lief kein solcher Film. Auf allen Kanälen wurde geredet oder musiziert. Im Ersten gab es eine Kindersendung. Enttäuscht schaltete Karla ab. Sie schenkte sich eine Tasse Kaffee ein. Während Günther seine Sachen gepackt hatte, hatte Karla sich eine Kanne Mokka gemacht. Sie mochte den bitteren Geschmack und das Herzklopfen, das sie nach der dritten Tasse bekam. Es war fast ein bißchen wie Verliebtsein.

Ob Günther schon bei seiner Freundin angekommen war? Er hatte glücklich gewirkt, als er sich verabschiedete. Dankbar hatte er Karla noch einmal an sich gedrückt. Sein muffiger Altmännergeruch war ihr ein letztes Mal in die Nase gestiegen.

Seit ungefähr drei Jahren hatte Günther diesen Geruch an sich, der Karla an ihren Großvater erinnerte. Günther duschte nicht seltener als früher. Dennoch roch er wie ein Großvater. Dabei war er erst neunundfünfzig Jahre alt. Karla dachte an die Venedig-Reise, die sie im Frühjahr, anläßlich ihres dreißigsten Hochzeitstages, zusammen unternommen hatten.

An einem mildsonnigen Abend war Günther auf die Planken dieser hölzernen Gondel geschlagen, einfach so, ohne Anlaß. Er war nicht gestolpert. Das Schiff hatte nicht geschaukelt. Aber plötzlich hatte er dagelegen, hilflos, und mindestens eine Minute lang war er ohne Besinnung gewesen. Als Karla ihm, zusammen mit dem Gondoliere, hochgeholfen hatte, hatte sie bemerkt, wie schwer Günther geworden war: schwerer als ein Sack Mehl.

Im Sommer, als Günther ein Bruchband angepaßt werden mußte, hatte Karla den Hausarzt auf den Vorfall in Venedig angesprochen.

»Beobachten Sie ihn«, hatte der Arzt gesagt. »Rufen Sie mich sofort an, wenn so etwas noch mal passiert. Es könnte ein Schlägelchen gewesen sein.«

»Ein Schlägelchen?« hatte Karla gefragt.

»Ein kleiner Schlaganfall«, hatte der Arzt erklärt. »Ihr Mann hat einen zu hohen Blutdruck und einige Kilo zuviel. Da muß man mit solchen Dingen rechnen.«

Aber Günther, der soeben die Wohnung von Maja betrat, war von einem Schlaganfall weiter denn je entfernt.

Maja lief ihm entgegen. Sie küßte ihn. Dann betrachteten beide sich im Flurspiegel.

Natürlich wirkte Günther reifer als Maja. Ihr Gesicht war glatt wie ein Pfirsich, das seine gezeichnet von Linien und Furchen. Majas Haare waren lang und kräftig, die von Günther schütter und grau. Maja hatte gesunde, schöne Zähne, Günther trug ein Gebiß. Aber das war gut gemacht, und niemand außer Karla wußte, daß Günther keine eigenen Zähne mehr hatte. Sogar Maja war ahnungslos. Abends reinigte Günther seine Prothese gründlich, und dann trug er sie auch über Nacht.

Es war alles kein Problem. Die Leute mochten über den

Altersunterschied zwischen Günther und Maja munkeln wie sie wollten. Diese vierzig Jahre spielten keine Rolle. Dem Glücklichen, so dachte Günther, schlägt keine Stunde.

Bei ihrer vierten Tasse Mokka dachte Karla, daß sie sich jetzt ihre Spirale ziehen lassen konnte. In den letzten zwei Jahren hatte sie ihre Tage nur noch unregelmäßig gehabt. Dennoch hatte Karlas Ärztin darauf bestanden, daß sie weiterhin zuverlässig verhütete. Eine Schwangerschaft mit fast fünfzig Jahren wäre katastrophal gewesen, zumal Karla und Günther nie Kinder gewollt hatten. Jetzt, wo Günther weg war, war es mit dem Sex wohl vorbei. Karla schien das kein großer Verlust zu sein. Sexualität zwischen Eheleuten war meistens eine trostlose Angelegenheit. Günther und Karla hatten da keine Ausnahme gebildet.
Unser Schlafzimmer, dachte Karla mit einem Gefühl aufkommender Freude, gehört mir ab heute alleine. Ich kann Bücher und Zeitungen mit ins Bett nehmen, Pralinen und Kaffee, Wärmflaschen, Heizdecken und Kreuzworträtselhefte. Ich kann mir einen kleinen Zweitfernseher kaufen und ihn ans Fußende stellen.

Behaglich streckte Günther sich unter Majas Seidendecke aus. Gerade eben hatte er bewiesen, daß er noch immer ein guter Liebhaber war. Die jungen Männer waren vielleicht ausdauernder als er. Günthers Liebesspiel war kurz, aber druckvoll und konzentriert. Jetzt, nach der Liebe, fühlte Günther sich wie ein Baum, der in vollem Saft steht, solide und geerdet. Draußen dämmerte es. Schläfrig vom Rotwein, den Maja zur Zigarette danach serviert hatte, rollte Günther sich auf die Seite. Seine Brille lag irgendwo im Wohnzimmer, und so konnte er nur verschwommen sehen, wie Maja aus dem Bad kam und zurück zum Bett schwebte. Wie eine Fee in ihrem Märchenwald, dachte Günther. Überhaupt war er sich einen Moment lang nicht sicher, ob es sich bei dem, was er erlebte, um Wirklichkeit handelte. Jener Abend im letzten Frühling in Venedig ging ihm durch den Kopf, als er mit Karla diese Gondelfahrt gemacht hatte. Gerade hatte er noch behaglich in den Polstern gesessen; dann war plötzlich eine Art apokalyptisches Brausen um ihn gewesen, ein reißender Schmerz in seinem Kopf. Der Geruch von fauligem Holz war ihm in die Nase gestiegen, grobe, ruppige Hände hatten ihn nach oben gerissen. Wie Neptun war er sich vorgekommen, der aus tiefen Fluten emportauchte, nur um über sich das verzerrte Gesicht einer bösen Rachegöttin auszumachen. Karlas hängende Wangen, ihr struppiges Haar, die weitaufgerissenen Augen. Es war ein häßliches Bild gewesen; eines, das Günther noch lange verfolgt hatte.

Im Halbschlaf merkte er, wie Maja neben ihm unter die Decke schlüpfte. Zärtlich zog er ihren schmalen Körper an sich. Ich werde sie immer beschützen, dachte Günther. Sie ist so jung, so ohne Arg. Günther gefiel es, daß Maja nach dem Sex nicht endlos reden wollte wie Karla und die anderen Frauen, die er während seiner Ehe gehabt hatte. Eine Tortur war es gewesen, gegen die bleierne Müdigkeit anzukämpfen, wenn diese Frauen angefangen hatten mit ihren weitschweifigen Gedanken, mit Details aus ihren belanglosen Lebensgeschichten oder davon, wie sie sich die Zukunft vorstellten. Und dann der Flunsch am nächsten Morgen, weil er in der Nacht eingeschlafen war, während diese Frauen noch geredet, manchmal auch aus irgendeinem Grunde geweint hatten.

Eigentlich, dachte Günther, sind sie mir alle fremd gewesen. Auch Karla. Ich habe ihre Haut berührt, ihr Haar, ihren Schoß. Ich habe sie erkundet wie ein Reiseland. Aber jetzt, bei Maja, liebe ich zum erstenmal.

Auch Karla lag inzwischen im Bett.
Sie überdachte ihre finanzielle Lage. Die Wohnung gehörte ihr. Sie hatte sie als junge Frau von ihrem Großvater zur Hochzeit bekommen. Auf der Bank lag Karlas Erbschaft: hunderttausend Mark. Weit würde sie damit nicht kommen. Ob Günther beabsichtigte, ihr Unterhalt zu zahlen? Von Gesetzes wegen war er vermutlich dazu verpflichtet. Aber konnte er es überhaupt? Günthers Architekturbüro hatte in den letzten Jahren nicht mehr viel abgeworfen. Andere waren jünger, schneller, hatten die innovativeren Ideen. Seine Mitarbeiter hatte Günther nach und nach entlassen müssen, bis auf einen, Friedhelm, dessen Frau Studienrätin war. Friedhelm arbeitete für ein Butterbrot bei Günther, weil er sonst gar nichts gehabt hätte.
Was könnte ich machen? dachte Karla.
In jungen Jahren hatte sie eine Ausbildung zur Kosmetikerin absolviert. Am Anfang ihrer Ehe hatte Karla kräftig dazuverdient. Aber dann, in den siebziger Jahren, war Günther erfolgreich geworden. Er hatte Brücken gebaut, Hochhäuser und avantgardistische Villen für reiche Leute. Sie hatten in Saus und Braus gelebt. Karla hatte ihren Beruf aufgegeben. Ob sie jetzt, nach so vielen Jahren, wieder darin Fuß fassen konnte?
Karla dachte, daß es schön gewesen wäre, all diese Dinge mit jemandem zu besprechen. Aber mit wem? Mit den Ehepaaren, mit denen Günther und sie gelegentlich ausgegangen waren? Karlas eigene Freunde waren irgendwie alle verschwunden. Manche waren in andere Städte gegangen. Andere hatten sich zurückgezogen. Karlas Schwester Hanne war vor zwei Jahren an Krebs gestorben.
Ich bin alleine, dachte Karla. Alleine in diesem Bett, alleine auf dieser Welt. Kein Mensch ist da, der mir nahesteht.

Günther mußte nun schon zum drittenmal raus. Senile Bettflucht, so hatte Karla seine nächtliche Unruhe immer genannt. Sie hatte keine Gelegenheit ausgelassen, ihm klarzumachen, daß er nicht mehr dreißig war.
Maja aber schlief so tief, daß sie es gar nicht bemerkte, wenn Günther das Bett verließ.
Auf Zehenspitzen schlich er ins Bad. Er machte das Licht an. Die Deckenleuchte, ein Papiermond, tauchte den kleinen Raum in ein geheimnisvolles Schummerlicht. Günther mochte diese Details, die unkonventionelle Art, mit der Maja ihre Wohnung eingerichtet hatte. Hier atmete alles jenen femininen Eigensinn, der Majas Persönlichkeit ausmachte und der nicht zu vergleichen war mit dem Starrsinn von Karla.
Günther stellte sich vor, wie Karla jetzt in der dunklen Gruft ihres ehelichen Schlafzimmers vor sich hin schnarchte. Es war gut, dem entronnen zu sein.
Nachdem Günther seine Notdurft verrichtet hatte, stellte er sich auf die Waage. Hundert Kilo. Günther schluckte. Ab morgen mußte Schluß sein mit dem vielen Essen und dem Alkohol zu jeder Gelegenheit. Noch war Maja blind vor Liebe. Noch mochte sie selbst Günthers Schwimmringe, sogar sein Bruchband, das sie lustig fand.
Aber Günther wußte, daß Verliebtheit sich verbrauchte wie eine Rolle Klopapier. Irgendwann, soviel war sicher, war der eigene Blick wieder klar. Dann sah man den anderen, wie er wirklich war, und man fand keine Entschuldigungen mehr für seine Fehler.
Maja mußte diesen Blick nicht fürchten. Worte wie Haarausfall, Übergewicht und Gebißgeruch hatten für sie noch keine Bedeutung. Sicher, dachte Günther, auch an Maja wird der Zahn der Zeit nicht vorbeigehen. Aber bis sie soweit war, würde er tot sein.
Günther schloß die Badezimmertür ab. Auf keinen Fall wollte

er, daß Maja hereinkam, während er seine Zähne reinigte. Es war kein schöner Anblick, wie Günthers Oberlippe nach innen einfiel, wenn er die Prothese herausnahm.
Während Günther sein Gebiß mit Hilfe von Majas Zahnbürste von Speiseresten befreite, dachte er an das Gesicht, das Maja gemacht hatte, als er ihr vorhin gesagt hatte, daß es mit Karla aus war und daß er nicht mehr zurück nach Hause gehen würde. Eine Art reines, kindliches Staunen hatte sich in Majas Zügen gezeigt und sie noch schöner gemacht. Sicher hatte das Mädchen unzählige Male gelesen und gehört, daß verheiratete Männer ihre Frauen nie verließen. Nun war sie eines Besseren belehrt.
Günther setzte seine Zähne wieder ein. Die kleine Kuckucksuhr über dem Badezimmerspiegel zeigte halb fünf. Draußen wurde es schon hell. Günther mußte versuchen, noch ein wenig Schlaf zu bekommen. Heute wollte er Maja die Aselmann-Brücke zeigen. Günther hatte sie in den siebziger Jahren im Auftrag des Reeders Ulrich Aselmann gebaut. Die Brücke war kühn und schwungvoll konstruiert. Sie wirkte hochmodern, obwohl sie schon über ein Vierteljahrhundert alt war.
Bevor er sich wieder hinlegte, nahm Günther eine Valiumtablette. Die würde ihm helfen, einzuschlafen. Wieso nur war er so aufgekratzt?
Er setzte sich mit einem Glas Rotwein ans Wohnzimmerfenster und wartete, daß die Tablette wirkte. Unten ging eine Frau mit ihrem Hund spazieren. Die Frau war dick und alt. Mit einem blöden Gesichtsausdruck blieb sie neben ihrem Hund stehen, der an einem Autoreifen herumschnupperte und dann einen Haufen mitten auf den Bürgersteig setzte.
Günther trank sein Glas aus. Das Valium begann zu wirken. Günthers Glieder wurden schwer, eine weiße, wattige Walze schob die Gedanken aus seinem Kopf. Er stand auf, ging zurück ins Schlafzimmer und schlüpfte neben Maja unter die

Decke. Kaum lag er neben ihr, da sah er, daß Maja nicht schlief. Sie lag da wie eine kleine Schlange. Ihre Augen glitzerten.
»Mein Liebster«, flüsterte sie. Dann setzte sie sich, nackt wie sie war, rittlings auf ihn und küßte ihn leidenschaftlich auf den Mund.

Wann war Karla je so erwacht? Mit solchen Gefühlen von Frieden und Behagen?
Kein Schnarchen und Grunzen hatte ihren Schlaf gestört, kein nächtliches Türenklappen und Klospülen. Nicht Günthers Altmännergeruch hing in der Luft, sondern der würzige Duft frischer Herbstluft. Zum erstenmal seit vielen Jahren hatte Karla wieder bei offenem Fenster geschlafen.

»Was ist das eigentlich genau, ein Bruch?« fragte Maja am Frühstückstisch.
Eine Woche lebten Günther und sie nun schon zusammen, und immer noch war die Stimmung ausschließlich harmonisch.
»Ein Bruch entsteht durch das Nachgeben der Bauchhöhlenwand«, erklärte Günther. »An sich eine harmlose Sache.«
»Altersbedingt?« wollte Maja es genauer wissen. »Oder kann ich das auch bekommen?«
»Einen Bruch kann jeder kriegen«, sagte Günther. »Beispielsweise nach einer Operation. Oder nach einer Diät. Mit dem Alter hat das nichts zu tun.« Es war Blödsinn, was er da erzählte. Selbstverständlich hatte ein Bruchleiden mit dem Alter des Patienten zu tun, und harmlos war es auch nicht. Ein Bruch konnte sich einklemmen. Dann entstand ein Bruchsack, und ein Teil des Darmes trat nach außen. Ein erfahrener Arzt mußte die ausgetretene Darmschlinge so schnell wie möglich wieder in die Bauchhöhle zurückschieben, um wei-

tere Komplikationen zu vermeiden. Eine Operation hätte dem vorbeugen können. Aber Günthers Bruch war inoperabel. Ein leidiges Thema, über das Karla sich abendelang den Mund hatte fusselig reden können.

»Mußt du jetzt für immer dieses Bruchband tragen?« fragte Maja.

»Stört es dich denn?« versetzte Günther.

Maja schüttelte den Kopf.

»An dir könnte mich nie etwas stören«, sagte sie treuherzig. »Selbst wenn du falsche Zähne hättest oder Fußpilz, es wäre mir ganz gleich.«

»Dann ist's ja gut.« Zufrieden setzte Günther seine Kaffeetasse ab. Am heutigen Tage stand ihm noch einiges bevor. Er mußte zu Karla, die darauf bestand, daß er alles, was ihm gehörte, aus der Wohnung entfernte. Günther fand das merkwürdig. Er hatte bewußt alle Möbel dagelassen. Karla brauchte doch Möbel in der Wohnung! Aber sie war eben schon immer etwas schrullig gewesen. Karla hatte einen Hang zum spartanischen Leben und konnte mit wenig auskommen. Sie war ein Kind der Nachkriegszeit. Es war auffällig, wie Menschen dieser Generation einerseits nach Gütern und Besitz strebten und wie sie andererseits von all dem abstrahieren konnten, um sich in karge Lebenssituationen dreinzufinden.

Diese Fähigkeit würde Karla jetzt brauchen können. Wie damals, nach dem Krieg, als ihr Vater nicht mehr heimkam, hatte sie auch jetzt wieder ihren Ernährer verloren. Als kleines Mädchen war sie mit ihrer Schwester Hanne Kartoffeln klauen gegangen. Nun mußte sie sich etwas anderes einfallen lassen. Schemenhaft huschte eine Erinnerung durch Günthers Bewußtsein. Eine Erinnerung an die junge Karla, jenes biegsame, lustige Ding, in das er sich in den sechziger Jahren verliebt hatte. Günther hatte Karla im Fußpflegesalon ihrer

Tante kennengelernt, wo er sich einen eingewachsenen Zehennagel hatte behandeln lassen. In frivoler Haltung, bekleidet mit einem dünnen Sommerfähnchen, hatte sie kichernd hinter der Registrierkasse gesessen und indische Zigaretten geraucht.

»Trinkst du noch einen Kaffee?« Majas Stimme riß Günther aus seinen Gedanken. Er ließ sich nachschenken, obwohl er bereits Sodbrennen hatte.

»Wieviel Unterhalt wirst du deiner Frau zahlen?« fragte Maja. »Ich habe gelesen, daß einer Ehefrau nach der Scheidung vier Siebtel des Gehaltes des Ehemannes zustehen. Oder waren es acht Fünftel? Eine Menge jedenfalls. Die Ehefrau hat Anspruch darauf, weiterhin im gleichen Stil leben zu können wie zu Zeiten der Ehe.«

Pikiert sah Günther Maja an. Das fehlte noch, daß sie sich stark machte für Karlas Unterhaltsansprüche. »Karla ist ein erwachsener Mensch«, sagte Günther. »Wie jeder andere auch kann sie für sich selbst sorgen.«

»Ist sie nicht fast fünfzig?« fragte Maja. »Da findet eine Frau doch keine Arbeit mehr. Und schließlich wart ihr dreißig Jahre verheiratet!«

Günther ärgerte sich über dieses neunmalkluge Gerede. Zu seinem Sodbrennen kamen jetzt noch Magenschmerzen.

»Ich will mich doch gar nicht scheiden lassen«, sagte er. »Es reicht, wenn Karla und ich getrennt leben.«

Günther zog seine Brieftasche hervor, entnahm ihr zwei Hundertmarkscheine und schob sie Maja über den Tisch.

»Kauf dir eine schöne Bluse«, sagte er. Dann stand er auf und machte sich auf den Weg zu seiner alten Wohnung.

Mit weit ausholenden Schritten ging Karla durch die Räume. Günthers Möbel hatte sie in den vorderen Flur geschafft. In den vergangenen Tagen hatte sie die Wände weiß gestrichen

und die schweren, nikotinverfärbten Gardinen gegen Jalousien eingetauscht. Den Teppichboden hatte sie entfernt und das darunterliegende Parkett so lange poliert, bis es glänzte wie Kastanien.
Günther würde sich wundern. Was sollte Karla ihm anbieten, wenn er gleich kam? Tee? Oder ein Glas Sekt?
Es gab etwas zu feiern, denn Karla hatte nicht nur ihre Wohnung renoviert, sie hatte auch eine Arbeit in Aussicht. In der Zeitung hatte sie am Morgen eine Anzeige entdeckt. Die Inhaberin eines Kosmetiksalons in Lurup suchte eine zweite Kraft, und zwar ausdrücklich jemanden, der nicht mehr jung war.
»In letzter Zeit kommen zunehmend auch Herren«, hatte die Frau am Telefon erklärt. »Und die lassen sich lieber von wem Älteren bedienen. Frauen ab fünfzig sind geschlechtsneutral, da brauchen die sich nicht zu schämen.«
»Schämen?« hatte Karla gefragt. »Wieso schämen?«
»Na ja«, hatte die andere zögernd erwidert. »Die Herren kommen teilweise mit Problemen der nicht ganz appetitlichen Art. Vor einem hübschen zwanzigjährigen Ding breiten die so was natürlich nicht so gerne aus.«
Morgen mittag hatte Karla in Lurup einen Vorstellungstermin.
Sie sah auf die Uhr. Es war fast zwei. Günther mußte jeden Moment vor der Tür stehen.

Günther fühlte sich unbehaglich, als er in die Straße einbog, in der er mit Karla so lange Jahre gewohnt hatte. Vielleicht hätte er einen Blumenstrauß besorgen sollen.
Aber brachte man zu einem Treffen dieser Art Rosen mit?
Wohl kaum.
Unwille stieg in Günther hoch, als er sich vorstellte, wie er gleich bei Karla klingeln würde, wie sie sich aus dem Sofa im Wohnzimmer hochwuchten würde, um ihm in ihren Gesund-

heitsschuhen entgegenzugehen. Wenn man sich erst einmal daran gewöhnt hatte, täglich von Jugend und Schönheit umgeben zu sein, war es nicht leicht, sich, und sei es auch nur für eine Stunde, auf jemanden einzulassen, der ältlich, welk und griesgrämig daherkam.
Günther hoffte nur, daß Karla nicht wieder das Trinken angefangen hatte so wie vor ein paar Jahren, als er mit dieser jungen Kollegin nach Amerika durchgebrannt war. Damals hatte Karla sich in einer Art und Weise gehenlassen, die nicht akzeptabel gewesen war. Attraktive Männer gingen nun einmal fremd. Eine Ehefrau, die das nicht kapierte, war einfach dumm. Jeder, der sich auch nur ein bißchen auskannte, wußte, daß der evolutionäre Auftrag des Mannes darin bestand, im Laufe seines Lebens nicht nur eines, sondern mehrere Weibchen zu befruchten. Das war nötig im Sinne der Arterhaltung. Die Jagd der Männer nach immer neuen Geschlechtspartnerinnen nannte man, das hatte er Karla genau erklärt, den biologischen Imperativ. Es handelte sich also um eine Art Befehl der Natur, dem ein Mann zu folgen hatte, wollte er nicht umsonst gelebt haben.
Aber wie immer hatte Karla von wissenschaftlichen Theorien nichts wissen wollen.
Als Günther jetzt vor ihrer Tür stand, holte er tief Luft. Sollte er aufschließen oder klingeln? Günther entschied sich fürs Klingeln. Schließlich war er jetzt nicht mehr Karlas Mann, sondern einfach nur ein Besucher.

Karla erschrak, als sie Günther sah. Das süffisante Grinsen, mit dem er, wie früher, Verlegenheit zu überspielen versuchte, wirkte plötzlich recht dümmlich auf sie. Günthers Gesichtshaut war teigig und bleich. Sein schütteres Haar hatte er nach oben gezwirbelt. Er sah aus wie ein Wiedehopf. Auch die gestelzten Bewegungen, mit denen er durchs Zimmer ging,

erinnerten Karla an einen Vogel: an einen schlappen Zugvogel, der die weite Reise in wärmere Gefilde zwar ein letztes Mal geschafft hatte, aber nur, um sich unter einer heiteren Sonne zum Sterben hinlegen zu dürfen.
Karla errötete. Sie schämte sich für ihre Gedanken. Aus ihr sprach die Mißgunst der verlassenen Frau, die dem Mann sein neues Glück nicht gönnte.
»Und? Wie geht's?« Günther umarmte Karla nicht, er schüttelte ihr die Hand.
Karla wirkte wie immer; ein rundlicher, vertrauenerweckender Frauentyp mit den roten Backen einer Bauersfrau. Wie meistens trug sie eine Bluse im Stil der Witwe Herbert Wehners: kurzärmelig, weit, mit bravem Kragen und etwas Lochstickerei in Busenhöhe. Wie Karla in ihren Hauslatschen vor ihm her ins Wohnzimmer watschelte, wurde Günther plötzlich von einer emotionalen Woge erfaßt. Es war Mitgefühl. Sie ist letztendlich immer ein guter Kerl gewesen, dachte Günther. Er nahm sich vor, auch in Zukunft regelmäßig nach Karla zu sehen.
»Wann kannst du den Kram abholen?« fragte Karla. Sie deutete auf Günthers Mobiliar, das im vorderen Flur stand.
Günther starrte auf seine Sachen. Es waren fast alles Unikate, Architektenmöbel, die er auf Messen günstig hatte kaufen können. Schäbig und abgewetzt sah das Zeug jetzt aus, häßlicher, grotesker Plunder.
»Ich dachte, wir trinken vielleicht ein Glas zusammen?« fragte Karla. Es rührte sie zu sehen, mit welch trauriger Miene Günther vor den Scherben ihrer gemeinsamen Existenz stand.
Karla nahm Günther beim Arm und führte ihn ins Wohnzimmer, in dem noch ihr altes Chesterfieldsofa und ein Tisch standen. Dann entkorkte sie den Sekt, schenkte ein und reichte Günther sein Glas.

Geistesabwesend kippte Günther das eiskalte Getränk hinunter. Sein Magen krampfte sich zusammen. In letzter Zeit hatte Günthers Magen einiges zu verkraften. Ständig der starke Espresso, wie Maja ihn liebte. Die viele Rohkost, die sie zubereitete, das Schwarzbrot. Rotwein, Weißwein, Prosecco, Grappa und Champagner. Aufregungen, immer wieder Aufregungen. Sexuelle Erregung. Ekstase.

»Also, was ist?« wiederholte Karla ihre Frage. »Wann holst du die Sachen ab? Sie stören mich.«

»Morgen«, antwortete Günther lahm. »Ich werde ein paar Leute von der Baustelle vorbeischicken.«

»Und was ist mit unserem Konto?« fragte Karla. Ruhig und aufmerksam ruhten ihre hellen Augen auf Günthers Gesicht. Es machte ihn nervös.

»Was soll damit sein?« sagte er patzig. Nun kam sie also doch mit dem Unterhaltsthema. »Von mir gibt es kein Geld«, sagte Günther. »Du bist alt genug, selber für dich zu sorgen.«

Karla zog die Augenbrauen hoch. Günther redete mit ihr, als wäre sie seine Tochter – ein nichtsnutziges Geschöpf von Tochter, das ewig studierte und immer weiter die Hand aufhielt.

»Du könntest putzen gehen«, schlug Günther vor. »Irgend etwas findet sich immer. Wenn man arbeiten will!«

»Du verstehst mich falsch«, sagte Karla. »Ich spreche von unserem gemeinsamen Konto, auf dem meine Erbschaft liegt. Hunderttausend Mark. Da es mein Geld ist, möchte ich, daß du als Mitinhaber des Kontos ausscheidest.«

»Und dann?« fragte Günther. An diese hunderttausend Mark, die da seit vielen Jahren festlagen, hatte er gar nicht mehr gedacht. Vermutlich hatte das Geld sich inzwischen flott vermehrt.

»Dann lassen wir uns scheiden«, sagte Karla. »Und jeder sorgt für sich selbst. Ich könnte Unterhalt von dir verlangen«,

fügte sie hinzu. »Aber darauf verzichte ich. Die Wohnung gehört mir, Miete brauche ich nicht zu zahlen. Und vermutlich habe ich ab nächste Woche eine Arbeit.«
»Schön, schön«, murmelte Günther. »Dann gehe ich nachher zur Bank und trete von deinem Erbkonto zurück. Scheidung eilt nicht«, sagte er. »Das können wir ein anderes Mal besprechen.«
Einen Moment lang saßen Karla und Günther sich schweigend gegenüber. Karla wunderte sich nicht, daß Günther sie nicht nach ihrer Arbeit fragte. Sie wußte, daß seine Gedanken seit Jahrzehnten ausschließlich um seine eigene Person kreiselten. Daran würde sich vermutlich nichts mehr ändern.
Günther trank sein Glas aus. Die Herbstsonne kam um die Ecke gewandert und tauchte die Szene in warmes Licht. Karlas weißes Haar und ihre blauen Augen leuchteten im Schein der Sonne auf. Für den Bruchteil einer Sekunde glaubte Günther, er habe eine Marienerscheinung.
»Wie lebst du denn jetzt?« frage Karla. »Ich habe nicht einmal eine Adresse von dir.«
Günther gab Karla eine seiner Visitenkarten, die Maja ihm zum Einzug in ihr Apartment geschenkt hatte. Es waren billige Dinger aus einem Kaufhausautomaten. Für sieben Mark konnte man fünfzig solche Kärtchen drucken lassen.
»Und wie lebst du?« wiederholte Karla ihre Frage.
»Na, wie schon«, versetzte Günther. »Gut.«
»Wohnst du mit deiner neuen Gefährtin zusammen?« fragte Karla. »Bist du zu ihr gezogen?«
Sie kann einfach keine Ruhe geben, dachte Günther. Er räusperte sich und straffte seinen Brustkorb. »Ja«, sagte er.
»Und wie alt ist diese Frau?« bohrte Karla weiter.
Günther erhob sich.
»Hör mal, Karla«, sagte er. »Ich lebe jetzt mein Leben. Leb du einfach deins, und fertig.«

In gerader Haltung, als hätte er einen Spazierstock verschluckt, ging Günther zur Haustür. Wie alle körperlich klein geratenen Männer neigte er zu dieser übertrieben aufrechten Pose.
King Lear, schoß es Karla durch den Kopf. Sie dachte an eine Aufführung des Stückes, die sie im letzten Jahr gesehen hatte, mit Will Quadflieg in der Hauptrolle. Quadflieg hatte den alten, entmachteten König so überzeugend dargestellt, daß Karla hatte weinen müssen.

Für ihren Vorstellungstermin bei Helen Schwagallah hatte Karla ein schwarzes Kostüm angezogen. Sie war beim Friseur gewesen und hatte sich einen Kurzhaarschnitt machen lassen. Getreu dem Motto, daß eine Kosmetikerin ihre eigene Visitenkarte ist, hatte Karla ein kleines Make-up aufgelegt: gepuderte Haut, roter Mund, Wimperntusche.
Mit einem Gefühl nervöser Spannung bog Karla in die Straße ein, in der Helens Salon lag. Es war eine häßliche Straße: verwitterte Mietskasernen, gesäumt von ein paar kümmerlichen, kranken Bäumen. Der Salon lag im Souterrain eines Backsteinhauses, das aussah wie eine ausgebaute Garage. In dem altmodisch dekorierten Schaufenster sah Karla einige Fußpflegeartikel liegen.
Karla spähte in das Innere des Ladens. Der Verkaufsraum war dunkel. Außer einem wuchtigen Tresen und ein paar Topfpflanzen konnte Karla nichts erkennen.
Sie trat ein. Das Scheppern der Ladenglocke über Karlas Kopf war noch nicht ganz verklungen, als eine kugelförmige kleine Person auf Karla zugeschossen kam wie ein Kastenteufelchen.
Eine Deckenlampe flammte auf. Im spärlichen Licht dieser Lampe musterten sich die beiden Frauen. Helen Schwagallah war ein burschikoser Typ. Ihr Gesicht war gezeichnet von Al-

kohol und anderen Katastrophen, aber es strahlte die Würde derer aus, die schon viele Höllen durchwandert und bezwungen hatten.

»Ich bin Helen«, sagte die Frau. »Und du wirst Karla sein. Wir sagen doch du? Komm mit.«

Karla nickte. Sie folgte Helen in eine kleine, fensterlose Küche. An einer Wand sah Karla ein paar zerlatschte Hausschuhe aus Filz stehen. Von der Decke hing ein Vogelbauer, in dem reglos und still ein kleiner Sittich saß. Auf einem umgedrehten Pappkarton war ein Kaffeetisch gedeckt. Heißes Wasser, Pulverkaffee und zwei dickwandige Becher standen bereit.

»Ich weiß, daß das hier nix Tolles ist«, sagte Helen. »Aber in unserem Alter kann man nicht mehr wählen. Was ist – kannst du dir vorstellen, hier zu arbeiten?«

Während Helen den Kaffee zubereitete, jagten die Gedanken durch Karlas Kopf. Alles ging so schnell. Karla betrachtete Helens breites, indianisch wirkendes Gesicht, ihren unsauberen Kittel und die schäbige Einrichtung des Raumes. Keine Frage, dies war eines jener schmuddeligen Etablissements, um die Karla in besseren Zeiten stets einen Bogen gemacht hatte.

»Ich zahle dir tausend Mark im Monat, bar auf die Hand«, sagte Helen. Sie steckte sich eine Zigarette an. »Dafür müßtest du vier halbe Tage kommen.«

»Und worin bestünde meine Aufgabe?« fragte Karla.

»Das übliche«, erwiderte Helen. »Akne, Bauchfett, Massage, Fußpflege. Enthaarung: Achseln, Oberlippe, Beine und Bikinizone. Letzteres natürlich nur bei Frauen.« Helen lachte. Sie stand auf, warf ihre Zigarette auf den Steinfußboden, trat sie aus und kickte sie unter den Küchenschrank.

»Entscheide dich«, sagte sie. »Ich muß zu meiner Kundin. Die verdampft sonst.«

»Ich mache es«, hörte Karla sich sagen. »Ich möchte hier anfangen.«
Karla fühlte, wie sie vor Schreck über ihre Entscheidung rot wurde. Aber Helen hatte recht. In ihrem Alter konnte man nicht mehr wählen.
»Gut«, Helen nickte Karla freundlich zu. »Dann komm mal gleich mit.«
Helen führte Karla in die Kabine. Der Raum war eingerichtet wie die Küche. Wackeliges Mobiliar, schiefe Regale. An kosmetischer Technik war praktisch nichts vorhanden. Auf einem Teewagen standen einige Tiegel ohne Aufschrift, daneben lag ein Lappen. Zentrum des Raumes war eine diwanartige Liege, auf der eine nackte, übergewichtige Frau lag. Die Frau war von Kopf bis Fuß in Klarsichtfolie eingewickelt und schien furchtbar zu schwitzen. Der Blick, den sie den Eintretenden zuwarf, erinnerte Karla an den einer Schwerverletzten, die seit Stunden am Rande einer Autobahn lag und verzweifelt einer Rettungsmannschaft harrte.
»Na?« sprach Helen die Frau an. »Schön geschlummert?« Mit schnellen, geschickten Bewegungen packte sie ihre Kundin aus. Karla versuchte, Helen zur Hand zu gehen, indem sie die Unmengen ölverschmierter Plastikfolie in einen Mülleimer stopfte.
»Das ist Frau Perleberg. Und das ist Karla, meine neue Mitarbeiterin«, stellte Helen die beiden Frauen einander vor. »Frau Perleberg hatte eine Aromabehandlung«, fuhr sie fort. »Meine Spezialität. Es entschlackt, entspannt, und man verliert Gewicht dabei.«
Karla sah zu, wie Helen den Leib der Frau mit einem Luffa-Handschuh abrubbelte. Die Hinterbacken und Schenkel der Kundin vibrierten unter Helens Händen.
»Wenn du willst, kannst du jetzt erst mal heimgehen«, sagte Helen.

»Und wann soll ich anfangen?« fragte Karla.
»Morgen!« rief Helen fröhlich. Mit einem Ruck drehte sie Frau Perleberg auf den Rücken. »Und nicht vergessen«, fügte sie hinzu. »Weißen Kittel selbst mitbringen!«

Als Günther am Nachmittag aus dem Büro zurück in Majas Wohnung kam, fühlte er sich müde. Heute morgen hatte Friedhelm ihm ein Fax vorgelegt: Der einzige Auftrag, den sie im Moment hatten, der Umbau eines Reihenhauses in Reinbek, war storniert worden. Der Bauherr hatte einen Herzinfarkt erlitten. Am Vormittag hatten mehrere Handwerker alte Rechnungen angemahnt. Wie sollte das weitergehen?
Die neue Computeranlage, an der Friedhelm den ganzen Tag herumspielte, hatte Günther dreißigtausend Mark gekostet. Jeden Monat wurde das Firmenkonto mit neuntausend Mark Miete für die Geschäftsräume belastet; Räume, in denen sich seit Monaten außer Weißwein- und Kaffeetrinkereien und Friedhelms Computergefummel nichts abspielte. Eines der nach hinten liegenden Zimmer hatte Günther vor ein paar Wochen an einen jungen Grafiker weitervermietet. Aber auch der hatte außer ein paar Kleckeraufträgen nichts zu tun und nutzte das Büro vorwiegend dazu, seine Freundinnen dort zu empfangen.
Günther dachte an früher, als der Laden gebrummt hatte. Die emsige Atmosphäre, die klingelnden Telefone, die hübschen Praktikantinnen, die Schlange gestanden hatten, um bei ihm arbeiten zu dürfen. Ein stetes Summen und Vibrieren hatte damals in der Luft gelegen. Adrenalin war durch Günthers Adern geströmt – und zwar das gute Adrenalin, das einen in Euphorie versetzte, nicht das schlechte, dessen Wirkung er in letzter Zeit zunehmend verspürte und das zu Panik, Atemnot und Brustenge führte.
Günther mußte den Laden wieder flottkriegen. Er mußte ver-

suchen, einen jungen Kollegen in die Firma hereinzunehmen, möglichst jemanden, der von Haus aus mit einigem Kapital ausgestattet war. Es durfte keine trübe Tasse wie Friedhelm sein, sondern einer dieser dynamischen jungen Männer, gutaussehend, gewinnend, kompetent. Einer, der es schaffen würde, auf Messen und Ausschreibungen Aufträge an Land zu ziehen. Einer, der in der Lage und willens war, mit den Frauen zahlungskräftiger Bauherren zu flirten, und der zur Not auch mal bereit war, mit einer dieser gelifteten Schachteln ins Bett zu gehen. Günther selbst stand dafür nicht mehr zur Verfügung. Er brauchte seine Kraft für Maja. Außerdem wollte er treu sein.

Mit einem Seufzer ließ Günther sich ins Sofa fallen. Jetzt hätte er gerne seinen Earl Grey gehabt und ein paar Ingwerkekse. Wo war Maja überhaupt? Ach ja, sie arbeitete montags länger. Maja jobbte in einem Textilgeschäft in der Innenstadt. Dort gab es verknitterte Leinenkleider, geschnitten wie Kartoffelsäcke und mit der heißen Nadel zusammengenäht, die über tausend Mark kosteten. Französische Leinenschläppchen, im Herkunftsland für ein paar Francs zu haben, wurden in diesem Geschäft für das zwanzigfache verkauft. Die Leute rissen sich um die Sachen. Der Laden florierte wie einst Günthers Architekturbüro.

Mit schmerzendem Rücken ging Günther hinüber in Majas Kochnische. Dies war eine typische Single-Wohnung, so gut durchdacht, daß die Konzeption von Günther selbst hätte stammen können. Zentrum war der große Wohnraum mit der Kochecke und einer gläsernen Wand nach Süden. Auf einen Flur war verzichtet worden. Vom Treppenhaus kam man direkt in den Wohnraum, von dem ein winziges Bad und eine Schlafkammer abgingen. Dort stand Majas großes Lotterbett, jungmädchenhaft dekoriert mit einem Moskitonetz und alter, bestickter Weißwäsche.

Vergebens kramte Günther in Majas Küchenschrank nach einem Teebeutel. Auch Kekse hatte sie nicht da. Günther ging rüber ins Schlafzimmer, schob das Moskitonetz beiseite und legte sich aufs Bett. Maja wird sich umstellen müssen, dachte er. So unbekümmert wie bisher, voll und ganz konzentriert auf ihre eigenen Bedürfnisse, würde sie nicht weitermachen können.

Günther streckte sich, daß seine Knochen krachten. Es war herrlich, so dazuliegen, im duftenden Bett der Geliebten. Einfach dazuliegen und zu warten, bis sie kam, um ihm wie immer ihre Fröhlicheit, ihren bezaubernden Körper und ihre Wärme zu schenken.

War sie das nicht schon? Günther hörte, wie die Wohnungstür ging. Mit klappernden Absätzen durchquerte Maja den Wohnraum. Dann stand sie in der Tür, strahlend, eine Lichtgestalt. Sie schwenkte eine Flasche Champagner und rief: »Günther, Liebster, denk dir nur, was passiert ist. Wir kriegen ein Kind!«

Karla war nackt. Sie stand vor dem hohen Spiegel im Schlafzimmer und betrachtete ihren Körper. Er war zu dick, aber das konnte man ändern. Die Keksfresserei hatte nach Günthers Auszug sowieso ein Ende. Außerdem war es kein Problem, eine Diät zu machen. Karlas Hängebäckchen würden dann verschwinden, ebenso ihr Doppelkinn, die wabbeligen Polster an Oberarmen und Schenkeln und der vorgewölbte Bauch.

Meine Substanz, dachte Karla, ist gut. Da war ihr schlohweißes kräftiges Haar, das einen schönen Kontrast zu ihren blauen Augen bildete. Karlas Mund, der jetzt, eingebettet in Fettpolster, etwas formlos wirkte, war eigentlich voll und schön geschwungen. Karla hatte herrliche Zähne, einen langen Hals und einen festen kleinen Busen. Ihre Beine waren lang, die Füße zartgliedrig. Früher hatte man Karla »die Gazelle« genannt. Jetzt, mit fast fünfzig, erinnerte sie eher an ein Flußpferd.

Als eine Frau in mittleren Jahren, die aus dem Leim gegangen war, hatte man zwei Möglichkeiten. Man konnte sich dem Genuß hemmungslosen Essens weiterhin hingeben und zu seinem Fett stehen. Vor männlicher Begehrlichkeit hatte man dann seine Ruhe; ein Umstand, bei dem Karla sich nicht sicher war, ob er einen Verlust oder einen Gewinn darstellte. Man konnte auch den anderen Weg gehen. Man konnte seine Eßgewohnheiten umstellen und wieder so schlank werden, wie man es als junge Frau gewesen war. Man konnte Sport treiben und aufs neue erfahren, wie es sich anfühlte, in einem kräftigen, trainierten Körper zu wohnen. Das Gefühl, leicht und beweglich zu sein, konnte zurückerobert werden. In diesem Fall mußte man damit rechnen, zumindest für eine kleine Gruppe von Männern wieder interessant zu werden. Es gab, Karla wußte das, Männer, die reife Frauen schätzten. Der Preis, den man für all das zahlen mußte, war Disziplin im täglichen Leben, Maßhalten beim Essen und Trinken, Verzicht auf jedwede Völlerei. Karla wußte nicht recht, in welche Richtung sie gehen sollte. Sie aß für ihre Leben gerne, und Männer – zumindest der Inhalt männlicher Hosen – interessierten sie zur Zeit nicht sonderlich. Trotzdem wollte Karla keine Matrone sein.

Ich probiere es, dachte sie. Ab heute esse ich weniger, und ich melde mich in einem Turnverein an. Wenn ich Spaß am Sport habe und mir die Pralinen nicht allzusehr fehlen, ist es gut. Wenn nicht, bleibe ich eben dick.

Günther und Maja saßen im Alsterpavillon. Sie hatten einen der begehrten Tische am Fenster ergattert. Draußen glitzerte die Alster im Mondlicht, drinnen der Champagner in den ge-

schliffenen langstieligen Gläsern. Es war eine jener Situationen, die einem noch Jahre später glanzvoll erscheinen. Ein perfekter Moment, in dem alles stimmte: Licht, Duft, Farbe. Günther fühlte, wie sein Herz ruhig und glücklich schlug. Ein zuverlässiger Motor, in dem noch viel Kraft war.
Kraft, die er auch brauchen würde, denn bei Majas erster Ultraschalluntersuchung am Nachmittag hatte sich herausgestellt, daß sie nicht nur ein Kind, sondern Zwillinge erwartete.
Gerührt sah Günther zu, wie Maja ihren Hummer aß. Sie war durch die Schwangerschaft noch schöner geworden. Wie eine erblühende Rose sah sie aus. Unter Majas transparenter Bluse zeichneten sich ihre zarten Oberarme und ihr kleiner Busen ab. Kaum vorstellbar, daß in diesem schmalen Leib zwei kräftige Kinder heranwuchsen, die in sieben Monaten an Majas Brüsten saugen würden.
»Baust du uns jetzt ein Haus?« fragte Maja.
Lächelnd prostete sie Günther zu.
Sie hat recht, dachte Günther. Es lag nahe, daß er als erfolgreicher Architekt seiner jungen Familie jetzt ein Haus baute. Eine Idee dafür hatte er auch schon. Günther schwebte ein großzügiges Holzhaus im amerikanischen Ostküstenstil vor, mit schönen Veranden und viel Glas.
»Zu weit von der Stadt darf es aber nicht sein«, sagte Maja. »Ich will den Kontakt zu meinen Freunden nicht verlieren. Wenn die Kinder da sind, will ich wieder im Laden arbeiten. Hausfrau, das ist nichts für mich.«
Günther zog die Augenbrauen hoch. »In dieser albernen Boutique verdienst du doch nicht mehr als ein Almosen«, wandte er ein. »Und wer soll sich um die Kleinen kümmern, wenn du nicht da bist?«
»Eine Nachbarin«, antwortete Maja leichthin. »Irgendeine Oma. In unserer Gesellschaft gibt es genügend Leute, die

nicht ausgelastet sind. Wir können auch eine Kinderfrau einstellen, die richtig was von der Sache versteht.«
Ein Haus, eine Kinderfrau. Günther fühlte, wie Wut in ihm aufkeimte. Woher nahm Maja diese Ansprüche? Ein Neubau, wie Günther sich ihn vorstellte, würde zirka anderthalb Millionen kosten. Eine ausgebildete Kinderpflegerin kassierte heutzutage mindestens dreitausend im Monat. Woher sollte er das nehmen?
Genaugenommen ging schon dieses Hummeressen im Alsterpavillon im Moment über seine Verhältnisse. Die Firmenkonten waren bis zum Anschlag überzogen. Bei der Bank wurden sie unruhig. Auf Günthers Privatkonto war ebenfalls ein Minus. Karlas Erbgeld, das die Bank früher immer noch als Sicherheit betrachtet hatte, war nun auch dahin. Wie eine Drohne hatte Karla immer auf diesem Geld gesessen. Wer weiß, wenn sie es nicht stets abgelehnt hätte, ihr Erbe in eine Modernisierung von Günthers Bürotechnik zu stecken – vielleicht stünde er dann jetzt besser da.
»Wir brauchen mindestens sieben Zimmer«, sagte Maja. Sie spießte ein saftiges Stück Hummer auf ihre Gabel. »Wie lange dauert es, bis so ein Haus steht? Können wir es bis zur Geburt der Kinder schaffen?«
Aber Günther war in Gedanken noch immer bei Karla. Die saß jetzt entspannt in der großen Wohnung, hatte Platz in Hülle und Fülle. Dabei würde ein Single-Apartment, wie Maja es bewohnte, für Karla völlig reichen. Sie hätte weniger zu putzen und könnte sich an schönen Tagen auf der kleinen Terrasse sonnen. Für ein Paar mit zwei Kindern war zwar auch Karlas Wohnung ziemlich eng. Aber wenn man sie geschickt umbaute, würde es gehen.
Ein seltsames Geräusch riß Günther aus seinen Überlegungen. Er sah auf. Stöhnend, sich die Hände an den Bauch haltend, saß Maja vor ihm.

»Nimm den Fisch weg, schnell!« preßte sie hervor. Dann übergab sie sich schwallartig über das weiße Tischtuch. Die Kerze fiel um und verlosch. Ein Kellner eilte mit Lappen und Eimer herbei.

Karla behandelte ihren ersten Kunden. Es war ein Mann mittleren Alters. Während Karla hinter ihm saß und eine Nährlotion in seine Haut einmassierte, ließ der Kunde, Herr Franzen, sie Anteil nehmen an seinen Gedanken.
»Sehr angenehm, wie Sie das machen«, lobte Franzen Karla. »Wir Männer wollen eben auch einmal verwöhnt werden. Ihr denkt ja immer nur daran, was wir euch alles bieten können: schicke Kleider, Reisen in alle Welt, Schmuck. Aber was ist mit uns? Männer sind keine Hochleistungsroboter. Wir haben auch eine Seele.«
Franzen legte sich behaglich auf dem Diwan zurecht. Aufmerksam sah er zu, wie Karla die Maske anrührte.
»Leben Sie allein?« fragte er.
Karla bejahte.
»Oh, oh, oh!« rief Franzen mit hoher Stimme, als habe er in einem Puppentheater die Rolle des Kaspers übernommen. »Frauen in Ihrem Alter, die alleine leben! Die sind wie Wanderer in der Wüste Gobi. Am Verdorren, am Verdursten. Wenn da noch mal ein Mann kommt, machen die alles für den.«
»Herr Franzen«, sagte Karla höflich. »Sie müßten einen Moment still sein. Ich kann sonst die Maske nicht auftragen.«
Gehorsam klappte Franzen den Mund zu. Karla verteilte die Maske auf seinem Gesicht. Dann erhob sie sich von ihrem Stuhl. Ihr Rücken schmerzte von der unbequemen Haltung, die sie während der Behandlung einnehmen mußte. Helens Möbel waren alles andere als ergonomisch. Die Behandlungsliege war zu niedrig. Der Stuhl, auf dem Karla saß, war hart und hatte keine Lehne.

Während Karla etwas Schultergymnastik machte, sah sie auf Franzens Haarschopf herunter. Das eingewebte Kunsthaar im vorderen Schädelbereich machte einen unappetitlichen Eindruck. Es war verfilzt und stumpf. Wahrscheinlich hatte Franzen Angst, die Pracht könnte sich auflösen, wenn sie zu oft mit Wasser in Berührung kam. Dabei war das nicht der Fall. Auch Günther hatte sich einmal ein solches Toupet einweben lassen, und tatsächlich hatte man es ganz normal waschen können, wie die anderen Haare auch.

Franzen war eingenickt, und Karla überbrückte die Zeit, indem sie die Kabine aufräumte. Helen schien es mit der Hygiene nicht sehr genau zu nehmen. Manche Cremes rochen ranzig. Handtücher wurden mehrfach benutzt. Auf dem Beistelltisch lagen die Instrumente, mit denen Helen Fuß- und Nagelpilze behandelte, mit denen, die sie für die Gesichtspflege benutzte, in einer Schale beisammen. Auch für die Atmosphäre während einer kosmetischen Behandlung schien Helen wenig Sinn zu haben. Gerade jetzt, wo Franzen sich unter seiner Maske entspannen sollte, schepperte sie lautstark mit dem Putzeimer im Flur herum.

Franzen regte sich auf dem Diwan. Karla sah auf die Uhr. Zwanzig Minuten waren um. Die Maske mußte herunter.

»War herrlich«, sagte Franzen, als Karla sein Gesicht mit heißen Kompressen gereinigt hatte.

»Das freut mich«, erwiderte Karla. »Wir wären dann auch fertig.«

»Was – schon alles vorbei?« Franzen, immer noch flach auf dem Diwan liegend, sah mit enttäuschten Augen zu Karla empor. »Können Sie nicht noch irgendwas machen?« fragte er.

»Bei den Damen«, erwiderte Karla, »machen wir nach der Behandlung noch ein kleines Make-up. Aber das kommt für Sie ja nicht in Frage.«

»Warum nicht?« fragte Franzen. »Was ist mit der Gleichberechtigung?«
Karla holte den Kasten mit den Schminksachen aus dem Regal. Sie kramte Mascara, Lippenstift und Puder hervor und machte sich ans Werk.
Franzen hatte schöne, gebogene Wimpern, die sich sehr gut tuschen ließen. Ein feiner Lidstrich verlieh seinem Gesicht etwas Androgynes. Franzens breiten, etwas gewalttätigen Mund schminkte Karla scharlachrot, so daß ein starker, dramatischer Effekt entstand. Zum Schluß gab sie noch etwas Puder auf Franzens Nase, die dadurch weniger knollig wirkte.
Als Karla fertig war, federte Franzen vom Diwan hoch und lief vor den Wandspiegel.
»Sie sind eine Künstlerin«, sagte er. »Ich sehe aus wie der Conferencier aus dem Film *Cabaret*.«
Gut gelaunt schlüpfte Franzen in sein Jackett und zog seine Schuhe an.
»Zahlen Sie vorne bitte? Bei meiner Chefin.«
Karla begleitete Franzen in den Verkaufsraum, wo Helen eine Sendung Enthaarungswachs auspackte. Helen warf einen kurzen Blick auf Franzens geschminktes Gesicht. Mit unbewegter Miene kassierte sie siebzig Mark.
»Ihre neue Mitarbeiterin ist klasse«, sagte Franzen. Dann steckte er Karla einen Zehnmarkschein in die Kitteltasche und ging beschwingt von dannen.
»Siehst du?« Helen stellte sich neben Karla ans Fenster. Sie sahen zu, wie Franzen in sein Auto stieg. »Du kannst es noch. Das wußte ich gleich, als ich dich gesehen habe. Und der ist weiß Gott kein einfacher Kunde.«
Karla befühlte den Geldschein in ihrer Tasche. Ihr erstes selbstverdientes Geld nach über zwanzig Jahren.

Günther war nervös. Heute sollte er seiner künftigen Schwiegermutter vorgestellt werden.
»Wie alt ist denn deine Mutter?« hatte er Maja am Morgen gefragt.
»Einundvierzig«, hatte Maja erwidert. »Aber das sieht man ihr nicht an. Sie wirkt wie Mitte Dreißig.«
Günther überlegte. Wenn er Maja im Frühjahr heiratete, würde er eine Schwiegermutter haben, die zwanzig Jahre jünger war als er. Das war kein schöner Gedanke. Zum erstenmal dämmerte es Günther, daß man sich, wenn man sich mit sehr viel jüngeren Menschen umgab, nicht verjüngte, sondern, im Gegenteil, älter machte. Gegen Karla hatte Günther immer fabelhaft abgeschnitten. Oft hatte er an den Blicken der Leute ablesen können, daß sie sich wunderten, wie ein attraktiver Mann wie er an eine ältliche Matrone wie Karla kam.
»Wann hat deine Mutter dich denn bekommen?« fragte Günther Maja. Beide waren sie damit beschäftigt, den Wohnraum für den Besuch ordentlich herzurichten.
»Das kannst du doch leicht ausrechnen«, erwiderte Maja in diesem flapsigen Ton, den sie sich angewöhnt hatte. »Ich bin zwanzig. Also hat sie mich, nach Adam Riese, mit einundzwanzig auf diese Welt gebracht. Sie ist also im selben Alter Mutter geworden wie ich.«
Maja, der man die Schwangerschaft noch nicht ansah, verteilte Tassen und Teller auf dem Tisch. Sie stellte frische Blumen auf die Anrichte und zündete eine Kerze an.
Wie alt bin ich, wenn unsere Kinder so alt wie Maja sind? fragte Günther sich. Die Antwort ließ ihn erschauern. Achtzig Jahre! Konnte denn das stimmen? Er rechnete nach. Sechzig und zwanzig waren achtzig. Daran war nicht zu rütteln. Ein häßliches Bild blitzte für den Bruchteil einer Sekunde vor Günther auf. Seine flügge gewordenen Rangen, die einen Rollstuhl umtanzten, in dem er, Günther, saß, gelähmt und

sabbernd, mit einer dicken Windel unter der Schlafanzughose.

»Gleich halb vier«, Maja stieß Günther mit dem Ellenbogen in die Rippen. »Hol mal den Champagner. Meine Mutter wird jeden Moment da sein. Wenn ich ihr sage, daß sie Oma wird, braucht sie erst mal ein Glas.«

Günther sah zu, wie Maja das Tischtuch zurechtzupfte. Heute trug sie ihr Haar hochgesteckt, was sie erwachsener, fraulicher wirken ließ. Oder war es die Schwangerschaft, die Maja so veränderte?

»Hast du deiner Mutter gesagt, wie groß der Altersunterschied zwischen uns ist?« fragte Günther.

Maja lachte. »Lieber nicht. Ich habe ihr erzählt, daß du Architekt bist und daß du die Aselmann-Brücke gebaut hast. Das fand sie gut, weil sie da jeden Tag mit dem Auto drüberfährt.«

Günther wußte von Majas Mutter nur, daß sie alleinstehend war. Majas Vater, ein Hippie aus Kalifornien, hatte sich kurz nach der Geburt der Tochter aus dem Staub gemacht. Ein Jahr später war dann Majas Bruder auf die Welt gekommen, der einen japanischen Zen-Meister zum Vater hatte. Maja hatte erzählt, daß ihre Mutter den Vätern ihrer Kinder nie böse gewesen sei, weil sie nur jeweils eine so kurze Rolle in ihrem Leben gespielt hatten. Sie hatte diese Männer ausgesucht, weil sie schön, charmant und intelligent gewesen waren und sie sich diese Eigenschaften auch für ihren Nachwuchs gewünscht hatte. Die Erziehung der Kinder hatte sie dann selbst übernommen. Ob das eine gute Entscheidung gewesen war?

Wohl kaum, dachte Günther. Maja war zwar hübsch, und sie verfügte über eine gewisse Schläue. Aber ihr ganzes Wesen war irgendwie doch richtungslos. Man merkte ihr an, daß eine väterliche Hand gefehlt hatte.

»Holst du nun bitte die Getränke?« fragte Maja. Ihr fiel auf, daß Günther in letzter Zeit immer öfter am hellichten Tage eindöste. In seinem Kopf schien dann irgend etwas vorzugehen. Vielleicht entwarf er im Geiste Häuser.
Es klingelte. Während Maja an die Tür ging, holte Günther den Champagner aus dem Kühlschrank. Er ruckelte am Korken. Das Ding saß fest. Dann, plötzlich, schoß der Korken heraus, knallte unter die Decke und sauste auf Günthers Schädel herunter. Es fühlte sich an wie ein Schlag mit dem Hammer. Günther blinzelte. Vor sich sah er eine violette, in sich pulsierende Fläche, die sich langsam hell färbte und dann in einer Art Sternenregen zu explodieren schien.
Die Sterne verschwanden, und Günther erblickte eine großgewachsene Frau, die ihn mit ernstem Gesicht betrachtete. Die Frau hatte kastanienbraunes langes Haar und ein rundes, ziemlich faltiges Gesicht. Sie hielt eine Zigarette in der Hand.
»Sie sind Majas Freund?« fragte sie. Günther, noch benommen vom Aufprall des Champagnerkorkens, brachte nur ein Nicken zustande.
Sie setzten sich. Majas Mutter starrte Günther unverwandt an. Er fühlte sich unbehaglich. Maja schenkte den Champagner ein und hob als erste ihr Glas.
»Mami«, sagte sie in feierlichem Ton. »Wir haben eine Überraschung für dich. Günther und ich, wir kriegen Zwillinge.«
Während Maja noch gesprochen hatte, hatte Günther die Augen niedergeschlagen. Es war ihm nicht möglich, dem durchdringenden Blick dieser Frau, die ihm da gegenübersaß, standzuhalten. Die Tischplatte fixierend, wartete Günther ab, was passieren würde.
Es tat sich nichts. Schweigen erfüllte den Raum.
Nach einer Weile hob Günther vorsichtig den Blick. Er sah,

daß Majas Mutter weiß wie die Wand geworden war. Alles Leben war aus ihrem Gesicht gewichen. Mit aus den Höhlen quellenden Augen starrte sie Günther an. Ihr Mund stand offen und gab den Blick auf einige goldene Backenzahnfüllungen frei.
Häßlich, dachte Günther. In ihrem engen Kleid und den hochhackigen Schuhen war Majas Mutter offenbar eine jener Frauen, die ewig auf jung zu machen versuchten. Der anstehende Großmutterstatus schien sie in eine Art katatonische Starre zu versetzen.
Als Maja ihrer Mutter lächelnd zuprostete, hob diese ihr Glas an die Lippen. Sie kippte den Champagner herunter wie einen Schnaps.
»Freust du dich gar nicht, Mami?« fragte Maja.
»Doch«, kam die Antwort tonlos. »Natürlich.«
Günther dachte, daß es klug sei, das Thema zu wechseln, und hub an, über Architektur zu sprechen. Er erzählte vom Bau der Aselmann-Brücke und zeigte Entwürfe des Hauses, das er für Maja und die Kinder bauen wollte. Mit säuerlicher Miene ließ Majas Mutter ihren Blick über seine Zeichnungen schweifen. Wahrscheinlich spekuliert sie auf eine Einliegerwohnung, dachte Günther. Nun, wenn es soweit war, würde er durchaus mit sich reden lassen. Die Oma im Haus, das war nie verkehrt.
Dann, gerade als es gemütlich zu werden begann, stand Majas Mutter ruckartig auf und griff nach ihrem Pelz.
»Ich muß zur Arbeit«, sagte sie. Mit unbewegtem Gesicht ließ sie sich von Günther in den Mantel helfen. Arbeit? dachte Günther. Was für einer Art von Arbeit mochte diese sauertöpfische Person nachgehen? Er tippte auf etwas Esoterisches. Oder war Majas Mutter eine dieser verhinderten Künstlerinnen, die sich mit Seidenmalerei und Ikebana-Kursen über Wasser hielten?

»Darf man fragen«, setzte Günther an, »was Sie beruflich machen?«
Wieder richtete Majas Mutter ihren Blick auf ihn. Unter den Augen dieser Frau fühlte Günther sich durchleuchtet, wie an die Wand genagelt. Mit so einer Ziege im Bett, dachte er. Das muß ein Alptraum sein.
»Ich bin Chirurgin«, sagte Majas Mutter »Ich transplantiere Herzen.«
»Oh!« Günther nahm respektvoll Haltung an. »Eine interessante Aufgabe. Ich finde es fabelhaft, was man im Bereich der Medizin heute alles machen kann. Demnächst werde ich mir einen Organspenderausweis ausstellen lassen.«
Majas Mutter lächelte. »Das ist schön«, sagte sie. Dann drückte sie Günther kurz die Hand und wandte sich zur Tür.
Während Maja ihre Mutter hinunter zum Auto begleitete, ließ Günther sich erschöpft ins Sofa plumpsen. Es war nicht zu glauben. Diese Frau, die ihn da eben so unverhohlen spöttisch angegrinst hatte, transplantierte Herzen. Sie sägte Männern wie ihm den Brustkorb auf, stemmte die Knochen auseinander wie bei einem toten Hähnchen. Dann riß sie ihnen mit bloßen Händen das Herz aus dem Leib. Machte sie dabei so ein Gesicht wie vorhin? Traten ihr die Augen aus den Höhlen, wenn sie das Blut ihrer Opfer roch?
Günther griff sich an die Brust. Sein Herzschlag schien plötzlich unregelmäßig zu sein. Wellenartig lief ein stechender Schmerz durch seinen Körper. Er hielt die Luft an. Ihm war schlecht, und Schweiß brach aus allen seinen Poren.

Guter Dinge kam Karla heim. Eine Woche Arbeit lag hinter ihr. Heute hatte sie einen Vorschuß bekommen. In einem Delikatessengeschäft hatte Karla richtig eingekauft: Lachs, eine Mango und ein Pfund herrlicher, rotbackiger Äpfel.

Langsam, einen Apfel essend, ging Karla durch ihre Wohnung. Der Frieden der leeren Räume umfing sie wie ein warmer Mantel. Karla machte sich Kaffee und setzte sich auf die breite Fensterbank, die sie mit Kissen und Polstern zu einem gemütlichen Ausguck gestaltet hatte. Herbstsonne flutete über das gebohnerte Parkett. Der kornblumenblaue Himmel leuchtete zum Fenster herein. Karla sah zu, wie die Wolken sich vom einen Ende des Vierecks zum anderen bewegten.
Das Telefon klingelte. Es war Friedhelm, Günthers Mitarbeiter. Daß Günther und Karla sich getrennt hätten, wüßte er bereits, sagte Friedhelm, und es tue ihm für Karla sehr leid. Aber da müsse noch dieses zusammenlegbare Paddelboot in Karlas Keller sein. Und dieses Boot, meinte Friedhelm, wolle er ausleihen, da er am Wochenende Besuch aus dem Ruhrgebiet bekäme und die letzten schönen Tage nutzen wolle.
»Ich weiß nichts von einem Boot«, sagte Karla. »Günther hat bei seinem Auszug alle seine Sachen mitgenommen.«
»Nicht das Boot«, erwiderte Friedhelm. »Ich habe ihn gefragt. Er sagt, das Boot sei noch bei dir im Keller.«
Karlas gute Stimmung verflog.
»Friedhelm«, sagte sie. »Du mußt dich irren. Ich habe meinen Keller gerade aufgeräumt. Da ist kein Boot. Und außerdem, wenn du wirklich ein Boot brauchst: Man kann so etwas auch mieten.«
Daß Karla den Keller aufgeräumt haben sollte, war eine Lüge. Seit über fünf Jahren war sie nicht mehr dort unten gewesen in dem mit Gerümpel vollgestellten Gewölbe, in dem es von Spinnen wimmelte und wo alles bedeckt war mit schwarzem, klebrigem Staub.
»Ich sehe nicht ein, daß ich für so was Geld ausgebe«, sagte Friedhelm. »Wenn du nichts dagegen hast, würde ich gerne selbst einmal nach dem Boot schauen.«

»Wieso?« erwiderte Karla. »Wenn ich dir sage, daß es in meinem Keller nicht ist, gibt es wohl keinen Grund, daran zu zweifeln.« Karla hatte in gereiztem Ton gesprochen. Das Herz schlug ihr bis zum Hals.
»Karla«, hub Friedhelm am anderen Ende an. »Sieh mal, ich will dich doch mit der Sache gar nicht belasten. Du müßtest nur nachher im Hause sein und mir den Kellerschlüssel aushändigen.«
»Aber wieso denn?« rief Karla ungehalten.
»Weil ich nach Feierabend bei dir vorbeikomme«, erklärte Friedhelm. »In einer halben Stunde etwa.«
»Nein«, versetzte Karla patzig. »Das tust du nicht.« Dann wußte sie nicht mehr weiter. Sie wußte nur, daß sie nicht wollte, daß Friedhelm in ihren schönen Nachmittag platzte. Er würde endlos in dem staubigen Kellergerümpel herumstochern, während Karla oben warten mußte, daß er wieder heraufkam. Fand Friedhelm das Boot nicht, dann würde er sich in Karlas Sofa setzen und endlose Mutmaßungen darüber anstellen, wo es geblieben sein und wie man seiner wieder habhaft werden konnte. Fand er das Boot doch, dann fehlten sicher Schrauben und Ventile, bei deren Suche Karla behilflich sein sollte. Karla sah es vor sich, wie der untersetzte Friedhelm in ihren Küchenschubladen kramte, wie er mit seinen quietschenden Stiefeln durch ihre Wohnung lief und redete und redete.
»Ich gehe gerade aus dem Haus«, sagte Karla. »Hab schon den Mantel an. Und unten wartet mein Taxi.«
»Moment noch!« rief Friedhelm am anderen Ende. »Sag mir irgendeine Zeit, zu der ich kommen kann. Später am Abend vielleicht?«
Karla sprang auf und machte einige Schritte auf die Tür zu. Ihr Lügenkonstrukt der wartenden Taxe schien plötzlich Wirklichkeit zu werden, denn in Karlas Innerem entwickelte

sich eine solche Ungehaltenheit, ein so drängendes Gefühl, loslaufen zu müssen, daß sie anfing, am ganzen Körper zu zittern.
»Nein!« schrie Karla in den Hörer. »Das geht auch nicht! Miete dir doch ein Boot!«
Dann knallte sie den Hörer auf die Gabel. Karla schnappte nach Luft. Ihr Hals fühlte sich an, als hätte eine Wespe hineingestochen. Eine unerträgliche Hitze flutete durch ihren Kopf und ließ ihn glühen wie eine Laterne.

Günther lag unter Majas Moskitonetz. Es war drei Uhr morgens, und er konnte nicht schlafen. Günther hatte einen Streit mit Maja hinter sich, die ihm unter Gelächter und sichtlich amüsiert erzählt hatte, mit was für Kommentaren ihre Mutter Günther bedacht hatte. Er sei ein seniler Knacker, hatte Majas Mutter gesagt, und eitel noch dazu. Man müsse ihm nur eine Feder in den Arsch stecken, dann sei das Zirkuspferd fertig. Außerdem wirke er herzkrank, und wenn Maja seine Zwillinge wirklich zur Welt bringen würde, müsse sie damit rechnen, daß die Kinder spätestens an ihrem dritten Geburtstag Halbwaisen seien.
Das alles war natürlich starker Tobak und ließ sich eigentlich nur vor dem Hintergrund der eigenen Alterskrise von Majas Mutter erklären. Auch bei Karla hatten diese Zustände mit Anfang Vierzig begonnen. Vulkanartige Ausbrüche von Aggressivität und Wut hatten sich mit depressiven Phasen abgewechselt, in denen Karla lange Tränentäler hatte durchqueren müssen. Der Verlust der Fruchtbarkeit war für Frauen vermutlich schwer hinzunehmen. Vom Standpunkt der Evolution her gesehen waren sie nun wertlos, und die Jahre, die ihnen noch verblieben, mußten sie im Bewußtsein dieser Wertlosigkeit herumbringen. Die Konfrontation mit einem Mann, der mit neunundfünfzig Jahren noch in der Lage war,

seinen biologischen Auftrag zu erfüllen, mußte für eine solche Frau ein Schlag ins Gesicht sein.
Die Natur, dachte Günther, ist ungerecht. Und so ganz logisch waren manche ihrer Mechanismen auch nicht. Wozu eigentlich stattete sie die Frauen mit dieser langen Lebenserwartung aus? Mit welchem Recht lebten die nicht mehr fortpflanzungsfähigen Exemplare der Spezies Mensch fast zehn Jahre länger als die Fortpflanzungsfähigen? Lag dem ein Systemfehler zugrunde? Oder ließ Mutter Natur die Frauen so lange leben, damit sie sich um Kranke und Gebrechliche kümmern konnten? Das war unwahrscheinlich, denn für Kranke und Gebrechliche hatte die Natur nie etwas übriggehabt. Im Sinne der Evolution war es ökonomischer, wenn sie einfach verschwanden, und letztlich war es nur menschliche Ethik, die diesen sich selbst regulierenden Systemen einen Riegel vorschob.
Nein, dachte Günther. Hier lag vieles im argen. Die Natur mochte ein machtvolles und beeindruckendes Zusammenspiel von Phänomenen sein; eine gute Volkswirtin war sie nicht.
Günther wälzte sich von der einen auf die andere Seite. Diese Schlaflosigkeit war lästig, besonders wenn jemand neben einem lag, der davon nicht betroffen war. Einmal hatte er versucht, Maja zu wecken, damit sie sich ein wenig unterhalten konnten. Aber Maja hatte nur wütend nach Günther getreten und weitergeschlafen. Karla, die war in solchen Nächten aufgestanden und hatte ihm Kamillentee oder Baldrian gebracht. Günther sah es vor sich, wie Karla vor seinem Bett gestanden, wie sich ihr walfischartiger Körper unter ihrem Nachthemd abgezeichnet hatte.
Wie es Karla wohl ging? Über eine Woche hatte Günther sich nicht mehr bei ihr gemeldet. Da war eine Schwelle, die er nicht überschreiten konnte. Er fürchtete sich vor den Hiobs-

botschaften, die Karla auf Lager hatte. Mit ihrer Arbeit, das hatte sicher nicht geklappt. Vermutlich hockte sie daheim, fühlte sich einsam, benutzt, weggeworfen wie ein Lappen.
Günthers Augen wurden feucht. Fein war es nicht, was ich mit ihr gemacht habe, dachte er. Aber was hätte er tun sollen gegen dieses Singen in seinem Blut, gegen diese Urkraft, die ihn gezogen hatte?
Liebevoll berührte Günther Majas Haar. Maja lag auf dem Rücken, und Günther war, als würde ihr glatter Bauch sich schon ein wenig nach oben wölben. Waren es zwei Jungen, die da heranwuchsen, oder zwei Mädchen? Ein Pärchen vielleicht? Eineiig oder zweieiig? Wie würde Karla reagieren, wenn sie erfuhr, daß er, Günther, Vater wurde?
Wieder wälzte Günther sich auf die andere Seite. Der Mond schien hell durch das gardinenlose Fenster.
»Kannst du mal aufhören mit diesem Gezappel?« fauchte es neben ihm. Majas Kopf fuhr vom Kissen hoch. »Eines sage ich dir«, meinte sie in schrillem Ton, »wenn unser Haus erst steht, gibt es getrennte Schlafzimmer.«
Günther reagierte nicht auf diese rüde Ansprache. Maja keifte manchmal wie ein Fischweib. Aber Schwangere waren, das wußte jeder, genauso empfindlich wie Frauen in den Wechseljahren.

Karla erwachte mit schwerem Kopf. Gestern abend hatte sie eine Tablette einnehmen müssen, um Schlaf zu finden. Der Zwischenfall mit Friedhelm hatte sie regelrecht verfolgt. Wie unter einem Zwang hatte sie die halbe Nacht daran denken müssen. Die Vorstellung, es könnte klingeln, und Friedhelm könnte vor der Tür stehen, war für Karla so mächtig und quälend geworden, daß sie in keinem Verhältnis mehr zur Realität stand.
Das ist das Alter, dachte Karla. Ich werde sonderlich. Ich

fürchte mich vor der Fliege an der Wand. Zwanghafte Gedanken beherrschen meinen Geist.
Auch als sie aufstand, ins Bad ging und sich die Zähne putzte, war es, als schwebte Friedhelms Schatten unablässig neben ihr, um ihr ins Ohr zu raunen, daß er in den Keller wolle, um nach dem Paddelboot zu suchen.
Karla überlegte, was sie tun konnte, um sich von diesen lästigen Gedanken zu befreien. Sie konnte in den Keller gehen, selbst nach dem Boot suchen und es mit einem Lasttaxi zu Friedhelm schicken. Sie konnte abwarten, ob Friedhelm Ruhe gab und die Sache nicht weiter verfolgte. Sie konnte Günther anrufen und ihn bitten, sich um die Angelegenheit zu kümmern. Seine Visitenkarte hatte sie ja. Aber war das eine gute Idee? Vielleicht würde Günthers neue Gefährtin an den Apparat gehen. Karla war sich nicht sicher, ob sie schon so weit war, mit dieser Frau zu sprechen.
Bewundernd dachte Karla an die Menschen, denen eine solche Situation nicht das Geringste ausgemacht hätte. Jene praktischen Naturen, die ruckzuck jedes Problem lösten, die anderen mit klarem Blick und fester Stimme, ganz ohne Angst, entgegentraten und die sich nichts gefallen ließen.
Was geht dich der Wochenendausflug von diesem Friedhelm an, hätte Hanne, Karlas Schwester, gesagt. Kümmer dich einfach nicht drum. Wenn er dir mit Anrufen auf die Nerven geht, leg den Hörer auf. Ja, so hätte Hanne das gemacht. Nicht eine Minute ihres Lebens hätte sie damit verschwendet, sich mit solchem Blödsinn aufzuhalten.
Aber Hanne war nicht mehr da. Mit sechsundvierzig Jahren war sie an Krebs gestorben, nach einem schönen, lustigen Leben ohne Ehemann und ohne Kinder. Hanne war ein Jahr jünger gewesen als Karla. Früher hatten sie zusammengehalten wie Pech und Schwefel. Aber dann, als Karla Günther geheiratet hatte, war alles anders geworden. Hanne hatte

Günther nicht leiden können. Länger als eine halbe Stunde hatte sie es nicht im selben Raum mit ihm ausgehalten.
»Er ist ein Schwachkopf«, hatte sie zu Karla gesagt. »Merkst du's denn nicht?«
Jetzt, dachte Karla, wo Günther weg war, hätten Hanne und sie wieder richtige Schwestern werden können. Sie hätten alles miteinander besprechen und sich, wie damals, dabei gegenseitig die Haare frisieren können.
Karla ging in die Küche und goß sich einen starken Kaffee auf. Friedhelm war jetzt so dicht neben ihr, daß sie sein billiges Rasierwasser riechen konnte. Geh weg, dachte Karla. Hau endlich ab. Plötzlich wurden ihre Knie weich. Zum ersten Mal seit Günthers Auszug fing Karla an zu weinen.

Mißmutig verließ Günther sein Büro. Dieser Friedhelm hatte eine Art, die eigenen Probleme zu denen anderer Leute zu machen, die wirklich hanebüchen war. Den lieben langen Tag hatte er Günther in den Ohren gelegen mit seinem Plan, am Wochenende mit irgendwelcher Verwandtschaft eine Paddelboottour durch Hamburgs Gewässer zu unternehmen. Anstatt einfach ein Boot zu mieten, hatte Friedhelm sich auf die Idee versteift, das alte Armee-Faltboot zu nehmen, das seit vielen Jahren, vergraben unter Gerümpel, in Günthers früherem Hobby-Keller vor sich hinschimmelte. Günther hatte sich schließlich bereit erklärt, am späten Abend zu Karlas Wohnung zu fahren, um das Boot zu holen. Noch immer verspürte er keine große Lust, Karla wiederzusehen. Aber konnte er einer solchen Konfrontation langfristig ausweichen?
Schließlich mußte er Karla sagen, daß Maja schwanger war und daß er sich nun scheiden lassen wollte. Und er wollte Karla den Vorschlag machen, die Wohnungen zu tauschen. Nicht für immer, aber doch wenigstens für ein, zwei Jahre, bis Günther beruflich wieder so weit sein würde, daß er

den Bau der Villa, die er Maja versprochen hatte, in Angriff nehmen konnte.
Begeistert würde Karla von dieser Idee nicht sein. Sie hing an ihrer sonnigen Altbauwohnung, in der sie schon als kleines Mädchen ein und aus gegangen war, um ihre Großeltern zu besuchen. Dennoch: Diese großbürgerlichen Etagen der Jahrhundertwende waren nun einmal für Familien gedacht. Sie boten Kindern genau das, was sie brauchten: Licht, Raum, eine intakte Nachbarschaft mit Spielkameraden und kleinen Geschäften, in denen man Lebensmittel, Schulhefte oder Spielzeug kaufen konnte.
Natürlich würde Günther Karla Miete zahlen. Einen reellen, ortsüblichen Betrag, von dem sie dann ihre Lebenshaltungskosten bestreiten konnte. Diese Lösung schien Günther nahezu perfekt zu sein.
Mit quietschenden Reifen bog er ein in die Straße, in der Majas Gynäkologe seine Praxis hatte. Da es beim letzten Untersuchungstermin Unklarheiten gegeben hatte, war für heute eine zweite Ultraschall-Untersuchung anberaumt worden. Diesmal wollte Günther dabei sein, um einen ersten Blick auf seine Kinder zu werfen.
Er war spät dran. Die Sprechstundenhilfe führte ihn flotten Schrittes ins Behandlungszimmer, wo Maja mit blankem Bauch auf einer Liege lag. Zwischen Nabel und Schamhaar hatte man sie mit einer glänzenden Paste eingerieben. Der Arzt, ein gutaussehender, gertenschlanker Mann, fuhrwerkte mit einer Art vergrößerter Computer-Maus auf Majas Bauch herum. Dabei starrte er auf einen Monitor, der wirre Schlieren und Dunkelfelder zeigte.
»Sie können sich auf den Hocker setzen«, sagte der Arzt, ohne den Blick vom Bildschirm abzuwenden, zu Günther.
Mit dünner Stimme piepste Maja: »Das ist mein Mann.«
Der Arzt schien gar nicht hinzuhören.

»Seltsam...«, murmelte er. »Wirklich seltsam. Das gefällt mir aber gar nicht.«
»Was ist denn?« fragte Maja. »Ist etwas nicht in Ordnung mit den Kindern?«
Der Arzt zeigte auf eine dunkle Stelle auf dem Monitor.
»Hier, sehen Sie?« sagte er. »Der eine ist zu klein. Ich habe die Befürchtung, daß der andere ihm das Wasser abgräbt. Das gibt es manchmal bei Zwillingsschwangerschaften. Einer entwickelt sich prächtig. Der andere bleibt zurück, weil er nicht genug Nahrung und Sauerstoff bekommt.«
»Und was macht man da?« fragte Maja.
»Man muß es beobachten. Wenn im Verlauf der Schwangerschaft der Verdacht entsteht, daß der schwächere Zwilling so benachteiligt wird, daß er Entwicklungsstörungen oder Behinderungen entwickeln könnte, muß man die Geburt verfrüht einleiten. Per Kaiserschnitt.«
»Kaiserschnitt!« Maja sah erschrocken drein. Sie war blaß geworden.
»Das Ganze kann sich auch von selbst ausgleichen«, sagte der Arzt. »Im Moment brauchen Sie sich noch keine Sorgen zu machen.«
Günther sah zu, wie der Arzt Majas nackten Bauch sauberwischte. Wie alt mochte der Mann sein? Höchstens vierzig. Der hatte es schlau angefangen, dachte Günther. Den ganzen Tag zogen sich hübsche, junge Frauen vor ihm aus. Er durfte sie an den delikatesten Stellen betrachten und berühren und bekam auch noch eine Menge Geld dafür. Ob der Arzt sich während so einer gynäkologischen Untersuchung sexuell erregte?
Maja jedenfalls gefiel dem Mann. Das spürte Günther genau. Er registrierte die behutsame Bewegung, mit der der Arzt Maja von der Liege half; die fürsorgliche Art, mit der er sie beim Arm nahm und zu seinem Schreibtisch führte.

Eine perfide Strategie, Maja erst mit Hiobsbotschaften über den Verlauf ihrer Schwangerschaft zu ängstigen, um sich dann als Retter aufzuspielen.
»Und was ist mit dem Geschlecht?« fragte Günther, indem er Maja und dem Arzt folgte.
»Mit dem Geschlecht?« Die Augenbrauen hochgezogen, verwunderten Blickes, wandte der Gynäkologe sich zu Günther um.
»Sie sprachen eben von ›der eine‹ und ›der andere‹«, erklärte Günther. »Es handelt sich also um zwei Knaben?«
»Zwei Knaben?« wiederholte der Arzt.
Mein Gott, dachte Günther. Als ob der Mann kein Deutsch verstünde!
»Ich nehme natürlich auch gerne zwei Töchter«, sagte Günther launig. »Oder von jeder Sorte eins! Aber es wäre doch schön, wenn man schon wüßte, was es wird.«
Der Arzt musterte Günther mit unverhohlener Skepsis.
»Sind Sie der Vater der Kinder?« fragte er.
Günther fühlte, wie das Blut ihm in den Kopf schoß. Da war es wieder, dieses harte Hämmern seines Herzens. Der schrille Tinnituston in seinem rechten Ohr, der ihm immer öfter Schlaf und Nerven raubte.
»Ich sagte doch, das ist mein Mann!« mischte Maja sich ein. Auch sie war flammend rot geworden. Mit einer seltsamen Mischung aus Schuldbewußtsein und Trotz ergriff sie Günthers Hand und stellte sich dicht neben ihn.
»Entschuldigen Sie«, sagte der Arzt. »Das muß ich überhört haben. Ich dachte, Sie wären ein Verwandter von Frau Sommerlat.«
Mit einer lässigen Handbewegung wies er Günther und Maja an, sich zu setzen. Dann zog er einen Rezeptblock zu sich heran und kritzelte einige Worte auf das Papier.
»Ich verschreibe ein paar Vitamine«, erklärte er. »Was das

Geschlecht der Kinder betrifft: das kann ich noch nicht erkennen.« Er lächelte Günther an. »Sie müssen sich noch ein wenig gedulden.«
Günther musterte den Arzt mit seinem »kalten Blick«. Er wußte, daß die Menschen sich vor diesem Blick fürchteten. Die jungen Architekten, die früher bei ihm gearbeitet hatten, hatte er mit diesem Blick zum Zittern bringen können, und auch Karla war oft binnen Sekunden in Tränen ausgebrochen, wenn Günther sie auf diese Art angesehen hatte. Im Grunde war es so einfach, seinen Artgenossen angst zu machen. Man mußte sich nur ein wenig in der Verhaltensbiologie auskennen. Kaltes Starren, gepaart mit lautem Sprechen in einer hohen Frequenz und vielleicht noch einer Drohgebärde – das reichte meistens schon, um dem eigenen Gegenüber das Herz in die Hose rutschen zu lassen.
Nur dieser von sich selbst überzeugte, aufgeblasene Mediziner schien auf die Sache nicht anzuspringen. Freundlich sah er Günther an. »Ihre Frau muß vor allem vernünftig essen«, sagte er. »Bitte keinen Streß. Und genügend schlafen! Einen neuen Termin lassen Sie sich bitte draußen geben.«
Man erhob sich. Mit sanftem Druck schob der Arzt Günther und Maja zur Tür hinaus, nicht ohne sich mit Händedruck und verbindlichem Lächeln von beiden verabschiedet zu haben.
Kurz darauf saßen Günther und Maja im Auto und fuhren heim. Während Günther den Wagen durch den dichten Feierabendverkehr steuerte, nahm das Tinnituspfeifen in seinem Ohr extreme Ausmaße an. Dann, an einer roten Ampel, hörte es plötzlich auf und machte einem sonoren Brummen Platz.
»Ist dir nicht gut?« fragte Maja. »Du siehst reichlich käsig aus.«
»Eins merk dir«, sagte Günther, während er mit einem kräftigen Ruck anfuhr. »Zu diesem Quacksalber gehst du kein

zweites Mal. Das ist ein Scharlatan, das sehe ich auf den ersten Blick.«
»Quacksalber, Scharlatan!« äffte Maja Günther nach. »Dein Gequatsche von Töchtern und Knaben! Du tickst doch nicht mehr sauber! Und meinen Arzt, den suche ich mir immer noch selber aus.«
Günther fuhr rechts ran. Er bremste scharf und stellte den Motor ab. Einen solchen Ton konnte er sich nicht bieten lassen. Eigentlich hatte er vorgehabt, Maja ganz in Ruhe bei einer schönen Tasse Kaffee vorzuschlagen, zu Karlas Frauenarzt zu wechseln. Das war ein netter, alter Herr, der sich viel Zeit für seine Patientinnen nahm. Karla ging zwar nicht mehr zu ihm, weil er den Brustkrebs ihrer Schwester erst erkannt hatte, als es schon viel zu spät gewesen war. Aber mit der Schwangerschaft einer gesunden, jungen Frau würde der Mann wohl noch fertig werden.
»Du wechselst den Arzt«, sagte Günther in einem Ton, der streng und unmißverständlich war. »Da gibt es keine Widerreden. Verstehst du?«
Maja grinste in sich hinein. Vermutlich tat es ihr schon wieder leid, daß sie sich eben so vergessen hatte.
»Hör auf zu spinnen«, sagte sie. »Lad mich lieber zum Essen ein.«

Es war nach Mitternacht.
Karla schlief. Sie träumte, sie wäre im Süden und läge an einem Strand. Der Himmel war klar. Kühles Wasser umspülte ihren Körper. Plötzlich verdunkelte sich Karlas Gesichtsfeld. Im Traum sah sie das Antlitz eines lächelnden älteren Mannes über sich. Offenbar handelte es sich um einen Spanier, denn der Mann trug einen wagenradgroßen, bunten Sombrero. Er hatte einen schönen, schwarzen Schnurrbart. Dann, als ein Windstoß kam und den Sombrero davonzutra-

gen drohte, nahm das Gesicht des Mannes einen grimmigen Ausdruck an. Er packte Karla bei den Schultern, rüttelte sie heftig und brüllte etwas, das sie nicht verstand.
»Ich kann doch nichts dafür«, rief Karla im Traum. »Auf Ihren Hut müssen Sie schon selber achtgeben!«
»Hut?« schnauzte der Spanier. »Wieso Hut? Ich rede von einem Paddelboot!«
Karla fuhr im Bett hoch. Mit einem Schlag war sie wach. Ihr Schlafzimmer war hell erleuchtet. Auf Karlas Bettkante saß Günther. Seine Hände lagen auf ihren Schultern, und sein Gesicht schwebte so dicht vor ihrem, daß Karla Günthers muffigen Atem riechen konnte.
»Bist du verrückt geworden?« rief Karla. »Was machst du hier?«
»Na endlich«, Günther nahm seine Hände von Karlas Schultern. Er zog ein Paket Zigaretten aus der Tasche und steckte sich eine an. Qualm erfüllte das Zimmer.
»Hör mal, Günther«, sagte Karla mit mühsamer Beherrschung. »Ich möchte nicht, daß du in meinem Schlafzimmer rauchst. Außerdem hat der Arzt es dir verboten.«
Typisch, dachte Günther. Zum erstenmal seit langer Zeit sah er Karla wieder. Und sofort tat sie so, als wären sie noch immer ein Ehepaar. Nun, diesen Zahn würde er ihr ziehen.
Karla, inzwischen richtig wach, sah sich Günther genauer an. Mit seinen schwarz gefärbten Haaren und dem dicken Schnauzer, den er sich hatte stehenlassen, erinnerte er sie tatsächlich an den Spanier aus ihrem Traum.
»Also«, fing Karla an. »Sag, was du hier willst um diese Zeit.«
Günther hockte noch immer auf der Bettkante. Er sog heftig an seiner Zigarette, inhalierte und blies den Rauch ins Freie. Dazu machte er ein Gesicht, als wäre dies eine Tätigkeit, die vollste Konzentration erforderte.

»Das kann ich dir sagen«, meinte er schließlich. Er kniff die Augen zusammen wie ein Filmbösewicht. »Ich will wissen, warum du Friedhelm das Paddelboot nicht herausgibst. Bestimmt zwanzigmal hatte er heute vom Büro aus versucht, dich anzurufen. Du hast nicht abgenommen.«

»Ich war nicht da«, verteidigte Karla sich. »Ich war bei der Arbeit.«

»Aha. Soso.« Günthers Gesichtsausdruck veränderte sich. Er bekam etwas Nachsichtiges, das an einen mit allen Wassern gewaschenen Irrenarzt erinnerte. »Bei der Arbeit«, wiederholte er bedächtig. »Bei der Arbeit warst du.«

»Ja, bei der Arbeit«, sagte Karla trotzig. »Ich habe dir doch gesagt, daß ich etwas gefunden habe. In einem Kosmetiksalon.«

Aber Günther hörte nicht zu. Er drückte seine Zigarette in der großen weißen Muschel auf Karlas Nachttisch aus. Die Muschel war ein Geschenk von Hanne.

»Das ist kein Aschenbecher«, sagte Karla. »Das weißt du genau.«

In diesem Moment ertönte unten auf der Straße ein Hupen. Es begann mit einigen gemäßigten Tönen und schwoll an zu einem nervenzerfetzenden Quäken, das nicht wieder aufhören wollte.

»Friedhelm«, sagte Günther. »Er wartet draußen. Gib mir jetzt den Kellerschlüssel. Ich hab meinen vergessen.« Günther streckte die Hand aus, als erwarte er, daß Karla den Schlüssel aus den Falten ihres Nachthemdes hervorzaubern würde.

Mit einem Seufzer stieg Karla aus dem Bett. Sie lief in die Küche und nahm den Kellerschlüsel vom Haken.

Unten auf der Straße ging zum zweitenmal ein Hupkonzert los. Diesmal begann es mit schrillen, stakkatoartigen Tönen, die in eine sirenenhafte Fanfare einmündeten. So ähnlich

stellte Karla sich die Posaunen von Jericho vor. Sie drückte Günther den Schlüssel in die Hand und schob ihn zur Tür.
»Nun geh schon«, sagte sie. »Der weckt sonst die ganze Straße auf.«
»Was sollen wir machen?« erwiderte Günther. »Wenn du das Paddelboot anders nicht herausgibst.«
Als Günther draußen war, schloß Karla die Tür hinter ihm ab und ließ den Schlüssel stecken. Vom Wohnzimmerfenster aus beobachtete sie, wie Günther und Friedhelm ein mottenzerfressenes altes Faltboot über den Gehweg hievten. Die beiden Männer erinnerten Karla an zwei behäbige Waldkäfer, die ein besonders sperriges Beutestück abtransportierten. Erst jetzt fiel ihr auf, daß Günther nicht nur seine Haarfarbe, sondern auch den Stil seiner Kleidung verändert hatte. Zu einem salopp sitzenden Pfeffer-und-Salz-Jackett trug er Cowboystiefel mit hohen Hacken.

Winter

Karla massierte die Fußsohlen von Herrn Franzen. Seitdem sie in Helens Salon arbeitete, kam Franzen jede Woche. Er behauptete, Karla hätte heilende Hände. Nach einer Stunde unter diesen Händen fühle er sich nicht nur verschönert, sondern wie neugeboren. Franzen war nicht der einzige Stammkunde, den Karla hatte. Sie war überaus beliebt, und die spezielle Bindegewebsmassage, die Karla entwickelt hatte, kam so gut an, daß sogar Kundschaft aus anderen Städten anreiste, um in den Genuß der Massage zu kommen.
Auch zwischen Helen und Karla lief es recht gut. Hier und da kam es zu kleinen Spannungen, da Helen die Tendenz hatte, immer mehr an Karla zu delegieren, ohne ihr Salär entsprechend zu erhöhen. Ein weiterer Streitpunkt zwischen den Frauen war der Zustand des Salons. Karla hatte darauf bestanden, daß die Kabine renoviert werden mußte. Sie hatte eine Inventur bei den Kosmetikartikeln durchgeführt. Und sie hatte Helen zu einigen Neuanschaffungen überredet. So gab es jetzt immerhin ein Vapozon-Gerät, neue Instrumente zur Entfernung von Hautunreinheiten und ein elektrisches Pediküre-Set, mit dem Karla soeben Franzens linken Zehennagel bearbeitete.
Franzen hatte heute einen besonders redseligen Tag. Er berichtete von seinem Beruf, der darin bestand, esoterische Messen und Seminare zu organisieren. »Eine Goldgrube«, sagte Franzen. »Sie glauben nicht, wie leicht man den Leuten das Geld aus der Tasche ziehen kann. Nehmen Sie zum Beispiel ein Reiki-Seminar. Da sitzen zehn, zwölf Leute herum

und legen sich gegenseitig die Hände auf. Der Seminarleiter wedelt mit Weihrauch herum und erzählt den Teilnehmern, nun seien sie Eingeweihte und könnten kosmische Energie in alle Welt schicken. Das ganze dauert zwei Tage, und jeder Teilnehmer bezahlt tausendachthundert Mark dafür. Es ist also kein Problem, an so einem Wochenende zwanzigtausend Mark einzunehmen.«

Karla dachte daran, wie lange sie für zwanzigtausend Mark arbeiten mußte. Anderthalb Jahre!

»Und was sind das für Leute, die für ein solches Seminar soviel Geld auf den Tisch legen?« fragte sie. Sorgfältig desinfizierte sie Franzens Nagelpilz.

»Sie werden lachen«, Franzen grinste. »Unsere treuesten Kunden, das sind Damen wie Sie.«

»Wie ich?« Karla hob erstaunt den Kopf.

»Frauen um die Fünfzig«, erklärte Franzen. »Geschiedene, Verwitwete, Verlassene. Die meisten sind depressiv. Süchtig nach Essen, Alkohol, Tabletten. Sie werden fett. Keiner sieht sie mehr an. Dann rennen die in solche Seminare.«

»Um jemanden kennenzulernen?« fragte Karla. Sie nahm sich Franzens rechten Fuß vor. Die Ballen waren stark verhornt. Das Hühnerauge am mittleren Zeh hatte sich entzündet.

»Nicht direkt«, erwiderte Franzen. »Die sind auch an der Sache selbst interessiert. Wir haben ja einiges anzubieten. Kontakte mit Engeln. Geistreisen nach Atlantis. Aurafotografie. Diese Frauen schnappen nach allem, was man ihnen unter die Nase hält.«

Während Karla Franzens Ballen mit einer Spezialfeile bearbeitete, dachte sie über seine Worte nach. Vielleicht neigten Frauen mehr als Männer dazu, hinter allem einen Sinn zu suchen? Man wünschte sich, die Dinge, die einem widerfuhren, hätten einen Zusammenhang, eine Bedeutung. Und wenn die Verzweiflung groß genug war, scheuten sich vielleicht manche nicht, auch abstruse Wege einzuschlagen. Karla neigte nicht zur Esoterik. Wenn überhaupt, dann hätte sie bei einer der großen Weltreligionen Zuflucht gesucht. Aber auch das stand momentan nicht zur Debatte.

»Mir steht heut noch ein schwerer Gang bevor«, seufzte Franzen. »Ich muß meinen Hauskater einschläfern lassen.«

»Was?« fragte Karla. »Warum denn? Ist er krank?«

Franzen schüttelte den Kopf. »Kerngesund«, sagte er. »Das Problem ist ein anderes. Mein neuer Lebensgefährte zieht bei mir ein. Und der ist allergisch gegen Katzen.«

»Und deshalb lassen Sie das Tier töten?« Karla setzte die Feile ab und starrte Franzen an.

»Er ist schon alt«, meinte Franzen. »Weggeben kann ich ihn nicht. Er würde sich nicht mehr an neue Menschen gewöhnen.«

»Woher wollen Sie das wissen?« fragte Karla. Sie war empört. Männer gingen manchmal seltsame Wege der Problemlösung. Karla dachte an jenen Nachmittag vor ein paar Wochen, als Günther von ihr verlangt hatte, sie solle ihre Wohnung räumen und in das Einzimmerapartment seiner Freundin ziehen. Als Karla sich geweigert hatte, war er böse geworden. Er hatte es wieder mit seinem berühmten kalten Blick probiert. Aber seltsamerweise hatte das ganze Affentheater Karla vollständig ungerührt gelassen. So hatte sie ihre geräumige Wohnung behalten. Was sprach eigentlich dagegen, daß sie ein Tier bei sich aufnahm? Platz hatte sie genug.

»Wollen Sie mir Ihren Kater bringen?« fragte Karla Franzen. »Ich könnte es mit ihm versuchen. Bevor man ihn gleich umbringt.«

»Das würden Sie machen?« Franzen strahlte über das ganze Gesicht. »Frau Karla«, sagte er mit vor Rührung bebender Stimme, »Sie sind wunderbar.«

Günther saß am Kaffeetisch und hörte zu, wie Maja sich im Badezimmer erbrach. Die morgendliche Übelkeit, unter der viele schwangere Frauen litten, war in Majas Fall leider nicht verflogen. Maja war jetzt im sechsten Monat, und jeden Morgen, nach dem Frühstück, mußte sie sich übergeben.

Während draußen vorm Fenster die ersten Schneeflocken des Jahres zur Erde niedersanken, dachte Günther darüber nach, daß Maja sich auch sonst nicht gerade zu ihrem Vorteil verändert hatte. Daß sie dicker geworden war, nun gut, das lag in der Natur der Sache. Aber war es nötig, daß Maja sich, was Körperpflege und Verhalten anging, derart gehenließ?

Zur Arbeit ging Maja schon lange nicht mehr. Den ganzen Tag schlurfte sie im Bademantel durch die Wohnung, lag auf dem Sofa, sah fern und stopfte sich mit gepökeltem Fleisch voll. Ihr schönes, kastanienbraunes Haar wusch sie viel zu selten. Manchmal, wenn Günther Maja, wie früher, zärtlich auf den Scheitel küssen wollte, stieg ihm ein ausgesprochen strenger Geruch in die Nase.

Günther seufzte. Drei Monate hatte er noch Zeit, um für sich und die Seinen ein geeignetes Domizil zu besorgen. Wenn die Geburt der Zwillinge früher eingeleitet werden mußte, dann waren es nur noch zwei. Voller Bitterkeit dachte Günther an jenen unsäglichen Nachmittag bei Karla, an dem sie sich geweigert hatte, ihre Wohnung zumindest übergangsweise gegen Majas pflegeleichtes Apartment zu tauschen. Bockbeinig und stur hatte Karla sich angestellt. Sie hatte sich an ihre Behausung gekrallt wie ein Ertrinkender an einen Strohhalm.

Maja kam aus dem Bad. Ihr Gesichtsausdruck war verdrießlich. Mit einem heiseren Unmutslaut ließ sie sich aufs Sofa plumpsen. Selbst jetzt, am hellichten Nachmittag, war sie noch im Hemd.

»Mußt du nicht allmählich mal in dein Büro?« fragte Maja.

Ihre Augen wirkten dunkel und bösartig in ihrem blassen, aufgequollenen Gesicht. Breitbeinig setzte sie sich in den Sofakissen zurecht, griff nach einer Schale mit Nüssen und stopfte sich den Mund voll.

»Ja«, sagte Günther. »Ich muß los. Heute abend kann es später werden. Ich muß mit einem Bauherrn essen gehen. Ohne Frauen«, fügte er hinzu, als er Majas Augen voller Erwartung auf sich gerichtet sah. »Der Mann ist frisch verwitwet.«

Maja, die nichts mehr liebte als opulente Essen in eleganten Lokalen, sank enttäuscht in die Kissen zurück. Ihre Augen füllten sich mit Tränen.

»Schade«, sagte sie. »Ich wäre gerne mal hier herausgekommen.«

Majas Stimme hatte gezittert. Besorgt sah Günther zu, wie Maja eine Tafel Schokolade aufriß und sich drei Riegel auf einmal in den Mund steckte.

»Warum machst du nicht einen schönen Spaziergang«, schlug er vor. »Ruf eine von deinen Freundinnen an. Oder deine Mutter. Die könnte sich auch mal ein wenig kümmern.«

Maja zuckte die Achseln. Da sie den Mund voll hatte, konnte sie nicht antworten. Günther nutzte den Moment, um in seinen Mantel zu schlüpfen und die Wohnung zu verlassen.

Während er im Lift nach unten fuhr, dachte er, daß Fiona, Majas Mutter, eine arge Enttäuschung war. Zwei- oder dreimal war sie kurz vorbeigekommen, hatte Maja den Puls gefühlt und frisches Obst gebracht. Einmal hatte Günther gehört, wie die beiden Frauen sich über ihn unterhalten hatten.

»Wenn das hier nichts wird«, hatte Fiona zu ihrer Tochter gesagt, »dann kommst du zu mir nach Hause. Ich habe Platz genug. Aber ohne den Alten, hörst du? Den will ich in meinen vier Wänden nicht haben.«

»Ohne Günther käme ich nie«, hatte Maja tapfer geantwortet. »Er ist die Liebe meines Lebens.«
Vielleicht, dachte Günther, war Maja in dieser Frage ein bißchen naiv. Die erste Zeit mit den beiden Säuglingen im geräumigen Haus ihrer Mutter zu verbringen, das war keine schlechte Lösung. Er, Günther, konnte solange in Majas Apartment bleiben und in Ruhe nach einer Wohnmöglichkeit für die Familie suchen.
Günther überquerte den Bürgersteig und stieg in seinen Wagen. Wohin sollte er überhaupt fahren? Im Büro gab es nichts zu tun. Friedhelm war mit seiner Frau auf die Malediven gereist. Und der junge Grafiker, der das Hinterzimmer gemietet hatte, war mit der Bewältigung seiner diversen Affären so beschäftigt, daß er keiner vernünftigen Unterhaltung zugänglich war.
Günther fuhr Richtung Autobahn. Er würde hinausfahren ans Meer, sich bei einem langen Strandspaziergang einmal richtig das Hirn durchlüften lassen. Abends konnte er in irgendeinem heimeligen Landgasthof eine Scholle essen. Und später würde er einmal bei Elfie vorbeischauen, einer ehemaligen Praktikantin, die sich in der Nähe von Sankt Peter Ording eine alte Mühle ausgebaut hatte.

Sorgfältig fuhr Karla sich mit der Bürste durchs Haar. Wie jeden Tag hatte sie nach Feierabend ein Bad genommen und sich auf die Waage gestellt. Sieben Kilo hatte Karla seit Günthers Auszug abgenommen. Sie hielt eine gemäßigte Diät ein, bei der sie zwar nicht hungern mußte, aber auch nie richtig satt wurde. Im Laufe der Monate hatte Karlas Körper sich an die gedrosselte Nahrungszufuhr gewöhnt. Es war schade um die früheren Freßorgien, die Zuckerräusche vorm Fernseher. Aber es war auch schön zu sehen, wie der eigene Körper, mit jedem Kilo, das er abwarf, beweglicher und ansehnlicher wurde.

Zufrieden schlüpfte Karla in ihr Hauskleid. In einer Viertelstunde erwartete sie Franzen und den Kater. Am Nachmittag hatte Karla ein Katzenklo, Streu und Trockenfutter gekauft. Sie freute sich darauf, ein Haustier zu haben. Karla hatte sich das schon immer gewünscht, aber Günther war dagegen gewesen. Er mochte keine Tiere. Mehr noch: Günther schien Tiere zu hassen. Hannas kleinen Hund hatte er, wenn niemand hinsah, getreten, und wenn es im Fernsehen einen Bericht über grausame Tierversuche gegeben hatte, war Günther nicht nur ungerührt geblieben, er hatte auch noch zufrieden gegrinst.

Karla hatte gerade eine Schüssel mit frischem Wasser bereitgestellt, als es klingelte. Franzen kam die Treppe herauf. Unter dem Arm hatte er einen Pappkarton, in dem es kräftig rumorte.

»Da ist der Racker«, sagte Franzen. Er stellte den Karton auf den Teppich und klappte den Deckel hoch. Ein kleiner graugetigerter Kater saß jetzt, wo er seinem Gefängnis hätte entkommen können, mucksmäuschenstill. Mit großen Augen musterte er Karla, die ihm ihre Hand zum Beschnuppern hinhielt.

Vorsichtig hob Karla das Tier aus dem Karton. Es war steif vor Angst. Karla setzte den Kater auf den Boden, wo er hokkenblieb wie ein geblendeter Hase.

»Er ist übrigens kastriert«, sagte Franzen. »Duftmarken wird er Ihnen also nicht in die Wohnung setzen. Er ist es gewohnt, mit im Bett zu schlafen, und am liebsten frißt er frische Krabben.«

Karla sah zu, wie der Kater sich vorsichtig streckte. Mit schleichenden Bewegungen, den Bauch dicht über dem Teppich, kroch er auf die Badezimmertür zu. Er entdeckte sein Klo, das neben der Badewanne stand, und beschnupperte es neugierig. »Wenn noch was ist, oder wenn Sie Fragen haben,

dann rufen Sie mich an«, sagte Franzen. Er verabschiedete sich von Karla mit einem Handkuß.
Karla war froh, als er weg war. Sie wollte mit ihrem neuen Wohngenossen allein sein. Langsam, um den Kater nicht zu erschrecken, näherte sie sich dem Bad. Der Kater hockte in seinem Klo und pinkelte. Er warf Karla einen konsternierten Blick zu, als wolle er sie dafür rügen, daß sie ihn beim Klogang beobachtete.
Karla zog sich zurück. Sicher war es das beste, das Tier erst einmal in Ruhe zu lassen, abzuwarten, bis es die Wohnung ausgekundschaftet hatte.
Karla legte sich aufs Sofa. Der Rücken tat ihr weh. Neun Stunden hatte sie heute gearbeitet. Franzen hatte in seinem Bekanntenkreis so heftig Reklame für Karla gemacht, daß Helen bereits eine Warteliste führen mußte. Manchmal spielte Karla mit dem Gedanken, sich selbständig zu machen. Es war kein Problem, eines ihrer Zimmer zu einem Behandlungsraum umzufunktionieren. Auch finanziell wäre die Selbständigkeit für Karla vorteilhafter gewesen. Bei der Scheidung von Günther, im letzten Monat, hatte sie auf Unterhalt verzichtet, und die sechzehnhundert Mark, die Helen ihr inzwischen zahlte, reichten Karla nur knapp.
Aber Karla zögerte, bei Helen zu kündigen. Sie mochte die schroffe Art ihrer Chefin, die Kaffeepausen mit ihr, das Tratschen und Erzählen. Und fair wäre es schließlich auch nicht, Helen zu verlassen und die meisten Stammkunden sozusagen mitzunehmen.
Karla kuschelte sich unter ihre Wolldecke und drehte sich zum Fenster. Es war Vollmond. Die dicke Schneeschicht, die seit ein paar Stunden über allem lag, dämpfte die Geräusche der Großstadt zu einer milden, einschläfernden Klangkulisse herunter.
Während Karla eindöste, trat der Kater ins Zimmer. Auf lei-

sen Sohlen schlich er zum Sofa, sprang mit einem Satz neben Karlas Kopf. Er beäugte seine neue Besitzerin, schnupperte an ihrem Haar. Dann stieg er vorsichtig auf ihren Bauch. Hier war es warm und weich. Der Kater ließ sich nieder, rollte sich zusammen und entschlummerte.
Als Karla später am Abend aufwachte, entdeckte sie zu ihrer Verwunderung das schlafende Tier auf ihrem Bauch. Gerührt betrachtete sie des Katers schönen Schnurrbart, seine niedlichen Ohren. Sie streichelte sein weiches Fell. Gott hat die Tiere so schön gemacht, dachte Karla. Viel schöner als die Menschen.

Mißmutig steuerte Günther seinen Wagen durch die Nacht. Das Schneetreiben ging ihm auf die Nerven. Die Scholle, die er in Sankt Peter zu sich genommen hatte, lag ihm schwer im Magen, und die harten Schnäpse, mit denen er das Völlegefühl hatte vertreiben wollen, waren ihm ebenfalls nicht bekommen. Auch mit Elfie hatte es nicht geklappt. Sie war nach irgendwo in den Süden verzogen, und in ihrer Mühle hauste eine Art Sekte: verschlafene Figuren mit kahlgeschorenen Köpfen, die Günther unfreundlich abgefertigt hatten.
Keine Frage: im heutigen Tag saß der Wurm.
Wenn Günther ehrlich war, mußte er sich eingestehen, daß er nicht die geringste Lust hatte, nach Hause zu Maja zu kommen. Er wußte, welches Bild ihn erwartete. Inmitten von Kekskrümeln und Nußschalen würde er Maja auf dem Sofa finden, eingeschlafen vor dem Fernseher.
Aber wo um alles in der Welt sollte Günther um diese Zeit noch hin? Zu Karla, die jetzt vermutlich in ihrem picobello aufgeräumten Wohnzimmer bei einem Glas gutem Rotwein saß und las? Das war unmöglich. Auch im Büro war jetzt vermutlich niemand mehr. Auf den Kiez? In eine Bar? Dazu fehlte Günther das Geld. Sein letzter Hunderter war für die

Scholle und die Schnäpse draufgegangen. Morgen früh mußte Günther bei seiner Hausbank einen Kredit beantragen.

Karla durchstreifte ein Kaufhaus auf der Suche nach kosmetischen Novitäten. Sie liebte es, mit den Verkäuferinnen in der Parfümerie-Abteilung zu fachsimpeln. Revlon, Guerlain, Dior – diese alten Namen, die nach Glamour und Nostalgie klangen, waren in Karlas Ohren wie Musik. Karla dachte an die Biographie von Coco Chanel, die sie kürzlich gelesen hatte. Auch Coco hatte sich ohne Ehemann durchgebissen. Von einer kleinen Näherin aus der Provinz war sie zu einer Modeschöpferin geworden, von deren Kleidern die Frauen auf der ganzen Welt träumten. Sie hatte das berühmteste Parfüm aller Zeiten kreiert: Chanel Nummer fünf. Für die Demütigungen, die Coco erlitten hatte, hatte sie sich gerächt, indem sie alle Welt mit ihrem Erfolg geblendet hatte. Sie war zäh, unverwüstlich und aggressiv gewesen.
Karla ließ sich einen Hauch Nummer fünf aufsprühen. Das pudrige Aroma des Duftes stieg ihr in die Nase. Einen Moment lang glaubte Karla, die Halle des Pariser Ritz vor sich zu sehen; Frauen mit tiefroten Fingernägeln und Bubiköpfen, die mit elegant gekleideten Herren flirteten und Orientzigaretten rauchten.
Während Karla das durch den Duft hervorgerufene innere Bild genoß, spürte sie, wie jemand sie von hinten anrempelte. Sie fuhr herum und erblickte Günther. Neben ihm stand eine junge Frau in einem scharlachroten Mantel. Die Frau war schwanger. Karla schluckte. Das also mußte Günthers Freundin sein.
»Karla!« rief Günther. »Wie schön, dich hier zu treffen! Das«, er schob seine Begleiterin nach vorn, »ist Maja.«
Karla reichte Maja die Hand. Vor dieser Begegnung hatte sie große Angst gehabt. Jetzt stellte sie verwundert fest, daß sie

ganz ruhig blieb. Auch Maja zeigte keinerlei Anzeichen von Nervosität.
»Wir heiraten nächste Woche«, sagte Günther. Er zog Maja an sich und legte seinen Arm um sie. »Heute kaufen wir das Brautkleid.«
Hier? dachte Karla. In einem billigen Kaufhaus? Forschend betrachtete Karla ihren früheren Mann. Er würde nun also in wenigen Wochen, mit nahezu sechzig Jahren, zum erstenmal Vater werden. Hatte das junge Mädchen an seiner Seite sich das gut überlegt? Günther sah recht hinfällig aus. Er hatte es versäumt, seine Haare nachzufärben, so daß sie an den Spitzen schwarz und am Ansatz grau waren. Am Kinn hatte Günther eine dunkle Stelle, die in der Mitte offen war und näßte. Ein Melanom, schoß es Karla durch den Kopf. Konnte es sein, daß Günther an Hautkrebs litt?
»Und wie geht es dir?« fragte Günther Karla. »So ganz allein in der großen Wohnung?«
»Ich lebe nicht mehr allein«, erwiderte Karla. Günthers Augen weiteten sich für den Bruchteil einer Sekunde.
»Du lebst – mit jemandem zusammen?« fragte er verblüfft. »Männlein oder Weiblein?«
»Männlein«, erwiderte Karla wahrheitsgemäß.
»Ach«, Günther fuhr sich mit der Zunge über die ausgedörrten Lippen. »Darf man fragen, um wen es sich handelt?«
»Du kennst ihn nicht«, antwortete Karla. Sie fühlte sich unbehaglich und wollte weiter.
Günther aber ließ nicht locker.
»Wie alt ist der Mann denn? Und was macht er beruflich?«
»Er ist schon recht betagt«, erwiderte Karla zögernd. »Im eigentlichen Sinne berufstätig ist er nicht.«
»Also arbeitslos?« folgerte Günther. »Ein Rentner?«
Karla schüttelte den Kopf. Sie wollte weg, aber ihr fiel nichts ein, womit sie sich aus der Situation hätte befreien können.

»Kann man den Herrn mal kennenlernen?« fragte Günther. »Wir kommen nachher auf einen Tee bei euch vorbei. Wie wäre das?«

»Ganz schlecht«, entfuhr es Karla. »Das geht auf gar keinen Fall.«

»Dann treffen wir uns heute abend, in einem Restaurant«, schlug Günther vor.

»Nein, das geht auch nicht«, sagte Karla entschieden. »Mein Bekannter verläßt nur ungern das Haus. Und das Autofahren bekommt ihm überhaupt nicht.«

Mein Gott, dachte Günther, während er Karla musterte. Ein älterer Herr ohne Arbeit, der das Haus nicht mehr verlassen wollte. Was hatte Karla sich da eingefangen?

»Günther«, mahnte Maja. »Wir müssen weiter, wenn wir noch ein Kleid aussuchen wollen. Es ist halb sechs.« Mit der Fürsorglichkeit der angehenden Ehefrau zupfte sie ein Haar von Günthers Kragen.

»Ja, dann«, Karla lächelte erst Günther, dann Maja an. »Viel Vergnügen noch.«

Ohne die Abschiedsworte der beiden abzuwarten entschlüpfte Karla in das vorweihnachtliche Gedränge des Kaufhauses. So schnell es ging, strebte sie dem Ausgang zu, überquerte den Jungfernstieg und setzte sich auf eine Bank am Rande der Alster. Ein Junge, der aus einem fahrbaren Wägelchen Glühwein verkaufte, kam vorbei. Karla erstand einen Becher. Das Getränk wärmte und beruhigte.

Das also war Maja gewesen, die Frau, für die Günther Karla nach all den Jahren verlassen hatte. Ein hübsches Gesicht, langes Haar, ein charmantes Lächeln. Was noch? Nach einem so kurzen Eindruck war es unmöglich, sich ein Bild zu machen. Trotzdem konnte Karla nicht umhin, sich einzugestehen, daß Maja auch auf sie sympathisch gewirkt hatte; unschuldig in ihrer Jugend, entwaffnend in ihrer Unbefangen-

heit. Und Günther? Karla dachte an die Schuppen auf Günthers Kragen, an die fehlenden Knöpfe an seiner Jacke. Vor allem beschäftigte sie die nässende Stelle an seinem Kinn. Wäre es nicht tragisch, dachte Karla, wenn ein Krebs an Günther fräße, ausgerechnet jetzt, wo eine der ganz großen Rollen im Leben eines Mannes auf ihn wartete – Vaterschaft? Karla versuchte, sich Günther als Vater vorzustellen. Da ihr diese gedankliche Übung schon früher nie gelungen war, hatte sie es vorgezogen, selbst keine Kinder zu bekommen. Mit einem Sohn, vermutete Karla, würde Günther sofort konkurrieren, er würde nicht rasten noch ruhen, bis er das Selbstwertgefühl des wehrlosen Geschöpfes zerstört haben würde, und später würde er sich endlos weiden am Versagen und Scheitern des bedauernswerten jungen Mannes. Eine Tochter hingegen würde er mit unkritischer Affenliebe terrorisieren. Er würde sie vergöttern wie eine Prinzessin, ihr auf diese Art jeglichen konstruktiven Zugang zur Wirklichkeit verstellen und später wie ein eifersüchtiger Liebhaber ihre potentiellen Freunde wegbeißen.
Nein, dachte Karla, während sie den letzten Schluck Glühwein nahm, beneiden tue ich diese Maja nicht.

Während Karla am Wasser saß, Glühwein trank und sinnierte, wurden Günther und Maja in einen Strudel dramatischer Ereignisse gerissen. Kaum hatten die beiden die Brautabteilung des Kaufhauses betreten, da platzte bei Maja die Fruchtblase. Majas Strumpfhose war binnen Sekunden von Fruchtwasser getränkt, und zu ihren Füßen bildete sich ein großer See. Gleichzeitig schienen starke Schmerzen einzusetzen, denn Maja sank mit einem markerschütternden Schrei zu Boden.
Günther erschien das alles wie ein böser Traum. Hysterische Verkäuferinnen kamen herbeigerannt und flatterten wie

Hühner um Maja herum. Eine von ihnen telefonierte mit schriller Stimme nach einem Rettungswagen. Gaffende Menschen blieben stehen, in deren Gesichtern sich die kaum verhohlene Freude derjenigen spiegelte, die unverhofft und umsonst in den Genuß eines spannenden Spektakels kamen, bei dem ein Artgenosse litt und kräftig aus der Rolle fiel.

Günther konnte es nicht glauben. Eben noch hatte Maja gelacht und vorgeschlagen, nach dem Kauf des Kleides in eine Konditorei zu gehen. Jetzt wand sie sich in einer trüben Flüssigkeit auf dem schmutzigen Boden des Kaufhauses und gab Laute von sich, die eher an ein verendendes Tier als an einen Menschen denken ließen. Immer wieder rief sie Günthers Namen und streckte ihre Hand nach ihm aus.

Aber Günther, unter Schock, war unfähig, sich zu rühren. Verschwommen nahm er wahr, wie zwei Sanitäter erschienen, Maja aufhoben, auf eine Bahre legten und wegtrugen. Ein enttäuschtes Raunen ging durch die gaffende Menge. Die Menschen hatten sich darauf gefreut, einer echten Sturzgeburt beiwohnen zu können.

»Der Mann muß auch mit!« rief eine der Verkäuferinnen den Sanitätern nach. »Der gehört dazu!« Die Frau, eine aufgebrezelte Blondine in den Fünfzigern, packte Günther mit ihrer Vogelkrallenhand am Arm. Günther spürte hektisches Schieben und Drängeln um sich her. Gesichter tauchten vor ihm auf und verschwanden wieder. Ein eisiger Lufthauch streifte seine Wange, dann klappten Autotüren und eine brausende Vorwärtsbewegung setzte ein. Verwundert registrierte Günther, daß er sich in einem Rettungswagen befand. Vor ihm, auf einer Pritsche, lag Maja. Zwei Männer in weißen Kitteln kümmerten sich um sie. Der eine zog ihr die klatschnasse Strumpfhose aus und befestigte eine Art Gummigürtel an ihrem Bauch. Der andere maß Majas Blutdruck.

»Es sind Zwillinge«, keuchte Maja. »Es ist eine Zwillingsschwangerschaft.«
»Auch das noch«, murmelte der ältere der beiden Männer. »Wie weit sind Sie denn?«
»Siebter Monat«, flüsterte Maja. Wieder schien eine Woge von Schmerz über sie hinwegzurollen. Sie bog ihren Kopf nach hinten und biß die Zähne zusammen. Aber dann verlor sie die Beherrschung und verfiel erneut in dieses kehlige Schreien, das Günther bereits in der Brautabteilung des Kaufhauses kalte Schauer den Rücken hinuntergejagt hatte. Ein Schwall von Blut, Schleim und Wasser schwappte zwischen Majas Beinen hervor, und in einer Geste namenloser Verzweiflung fing sie an, wild um sich zu schlagen.
Während der jüngere Sanitäter Maja festhielt und beruhigend auf sie einredete, brach Günther der Schweiß aus allen Poren. In halsbrecherischem Tempo, mit lautem Tatütata, brausten sie durch die belebte Innenstadt.
Der Sanitäter starrte auf einen Monitor, auf dem eine feine Nadel sanfte Wellenbewegungen vollführte. Majas Schmerzen schienen nachzulassen. Sie lag jetzt still und blickte den Mann, der ihre Hände hielt, dankbar an.
»Ich bin froh, daß Sie da sind«, flüsterte sie.
Der Mann lächelte. »Ganz ruhig«, sagte er. »Es geschieht Ihnen nichts. Alles wird gut.«
Er löste seine rechte Hand aus Majas Griff und strich ihr die schweißnassen Haare aus dem Gesicht. Im Rettungswagen war es warm wie in einem Brutkasten. Plötzlich sah Günther, wie Maja die Augen verdrehte, so daß man nur noch das Weiße sah.
»Sie verliert das Bewußtsein«, sagte der ältere Sanitäter. In seiner Stimme schwang Panik. Mit schnellen, umsichtigen Bewegungen zog er eine Spritze auf und injizierte Maja eine Flüssigkeit.

Verwirrt ließ Günther seinen Blick über die blinkenden und piepsenden Geräte schweifen, an die Maja angeschlossen war. Noch immer lag sie mit diesen gruselig verdrehten Augen da und gab keinen Mucks von sich.

»Blutdruck sackt ab!« rief der Sanitäter, der noch immer Majas Hand hielt. Auch seine Stimme klang jetzt panisch. »Wie heißt das Mädchen?« fragte er Günther. »Na los, Mann, wie heißt sie?«

Empört sah Günther dem Mann ins Gesicht. Was sollte diese Frage? Gab es in diesem Moment, da es um Leben oder Tod zu gehen schien, nichts Wichtigeres zu tun, als Namen zu registrieren?

»Mensch, sind Sie noch dicht?« brüllte der Sanitäter Günther an. »Nun sagen Sie schon, wie die Frau heißt!«

»Sommerlat«, sagte Günther schließlich. »Maja Sommerlat.«

Der Mann beugte sich dicht über Maja und klopfte ihr auf die Wangen.

»Maja!« rief er. »Hallo, Maja! Hören Sie mich! Nicht einschlafen jetzt! Bleiben Sie da! Maja!«

Mühsam, als müsse sie übermenschliche Kraft dafür aufwenden, öffnete Maja die Augen. Sie versuchte, irgend etwas zu fixieren, aber sie konnte es nicht. Ihre Pupillen irrten ab und wurden starr.

Sie ist tot, dachte Günther. Alles ist aus.

Ein kaltes Gefühl breitete sich in seiner Herzgegend aus. Seine Arme und Beine wurden taub.

Mit quietschenden Reifen hielt der Rettungswagen vor dem Portal der Universitätsklinik. Die Tür wurde aufgerissen, Menschen in weißen Kitteln schnappten sich die Bahre, auf der Maja lag, und rannten damit ins Innere des Krankenhauses.

Alles ging sehr schnell. Benommen blieb Günther im Rettungswagen sitzen. Durch die Scheibe sah er, wie die beiden

Sanitäter sich Zigaretten ansteckten. Einer der Krankenhausärzte stand bei ihnen und füllte ein Formular aus.
Ein Zittern lief durch Günthers Körper. Was sollte nun werden? Maja lebte nicht mehr. Seine beiden Kinder waren sicher auch schon tot. Alles, alles hatte Günther aufgegeben für Maja und die Zwillinge. Sein Heim, Karla. Wo sollte er jetzt hin?
»Hallo Sie!« hörte Günther den Krankenhausarzt rufen. »Kommen Sie mal raus da! Ich brauche ein paar Angaben!«
Apathisch starrte Günther in das junge, aufmerksame Gesicht des Mannes. Er fühlte, wie der Boden unter seinen Füßen weich wurde. Speichel sammelte sich in seinem Mund. Weiße Karos tanzten vor Günthers Augen. Dann war ihm, als würde er durch einen langen Tunnel gezogen, an dessen Ende ein strahlendes Licht auf ihn wartete. Gott holt mich heim, dachte er. Gott holt mich heim zu meiner Frau und meinen Kindern.

Mit einem Seufzer räumte Karla am Heiligen Abend das schmutzige Geschirr in die Küche. Eigentlich hatte sie den heutigen Tag ganz besinnlich verbringen wollen. Aber dann war es doch recht trubelig geworden. Am Nachmittag waren Helen und Franzen überraschend auf einen Kaffee hereingeschneit. Danach hatte Günther angerufen und erneut den Vorschlag gemacht, Karla einen Besuch abzustatten. Nur mit Mühe hatte Karla ihn von diesem Vorhaben abbringen können. Günther meldete sich in letzter Zeit öfter, als ihr lieb war. Die Geburt seiner Söhne hatte ihn mitgenommen. Die beiden waren viel zu früh und per Kaiserschnitt auf die Welt gekommen, an jenem Nachmittag, als Karla Günther und Maja im Kaufhaus getroffen hatte. Nun lagen die Kinder im Brutkasten. Inzwischen war klar, daß sie durchkommen würden, aber wie alle Frühchen hatten die zwei von Anfang an eine Menge auszustehen. Ihre kleinen Lungen mußten regelmäßig abgesaugt werden. Sie wurden mit allen möglichen medizinischen Maßnahmen traktiert und, was das Schlimmste war, sie waren getrennt von ihrer Mutter. Maja hatte eine Art Geburtstrauma erlitten. Sie weigerte sich, ihre Kinder zu sehen, und hatte das Saufen angefangen. All das war traurig, und Günther tat Karla von Herzen leid. Dennoch hatte sie sich nicht dazu durchringen können, den Heiligen Abend mit ihm zu verbringen. Er konnte schließlich ebensogut ins Krankenhaus fahren und versuchen, Maja in diesen schweren Zeiten beizustehen.

Karla schenkte sich einen Sherry ein und machte es sich gemeinsam mit dem Kater auf dem Sofa bequem. Kerzen brannten, eine Aromalampe – das Weihnachtsgeschenk von Helen – verbreitete den Duft von Zimt und Koriander. Karla nahm sich das alte Fotoalbum vor, das sie sich schon am Morgen bereitgelegt hatte. Sie wollte endlich einmal wieder in Ruhe in den Bildern der Vergangenheit stöbern, Erinnerungen nachhängen und in alten Briefen lesen.

Mit gemischten Gefühlen betrachtete Karla die Fotos der ersten Urlaubsreise, die sie mit Günther gemacht hatte, Ende der sechziger Jahre, nach Griechenland. In einem klapprigen VW-Bus waren sie kreuz und quer durchs Land gefahren, hatten an Stränden übernachtet, sich tagsüber gesonnt und Unmengen von Retsina getrunken. Günther war damals ein bildschöner Mann gewesen, mit schulterlangem, dunklem Haar und einem Körper, der an den David von Michelangelo erinnert hatte. Auf einem der Fotos rekelte er sich ein wenig selbstgefällig im Sand und lachte mit seinem prachtvollen, damals noch originalen Gebiß in die Kamera. Günthers echte Zähne waren unregelmäßig, aber kräftig und weiß gewesen. Kein Vergleich zu diesen gelblichen Klaviertasten, die er sich vor

ein paar Jahren hatte machen lassen und bei denen jeder Blinde sah, daß es sich um eine Prothese handelte.
Karla blätterte um. Auf den Bildern der nächsten Seite war sie selbst zu sehen: Mager, fast spillerig in ihrem Bikini mit den zu großen Körbchen, das lange, blonde Haar zu einem dicken Zopf geflochten, der ihr bis zum Po reichte. Karla mußte lächeln beim Betrachten der Fotografie. Damals waren sie in diesem wunderbaren Alter gewesen, in dem man sich für unsterblich hielt. Nichts schien ernst, nichts schien endlich zu sein. Morgens war man aufgewacht in einem schlanken, biegsamen Körper, der keine Krankheit und keinen Schmerz kannte; und abends war man eingeschlafen, benommen vom griechischen Wein und geborgen in den Armen des Menschen, von dem man dachte, er würde einen ewig festhalten und nie verlassen.
Wann, überlegte Karla, war der Wendepunkt gekommen, an dem jenes frühere Lebensgefühl in ein anderes umgeschlagen war? Wann hatte sie damit angefangen, alles hinzunehmen, wie es war? Günthers Fremdgeherei, die Tatsache, daß sie, Karla, jedes Jahr dicker und unförmiger geworden war? Wann hatte sie ihre Flatterkleider eingetauscht gegen die grauen Röcke? Wann hatte sie die italienischen Schuhe weggestellt und angefangen, diese korkbesohlten Gesundheitslatschen zu tragen? Karla betrachtete ein Foto, auf dem Günther und sie gemeinsam zu sehen waren. Es war mit Selbstauslöser aufgenommen worden, in der Abenddämmerung, am Wasser. Dicht aneinandergekuschelt lagen sie in einem Schlafsack und küßten sich. Plötzlich war die abgebildete Situation, die fast dreißig Jahre zurücklag, für Karla so präsent, als habe sie sich gerade gestern ereignet.
Sie hatten einen Joint geraucht. Günthers Küsse hatten nach Salz geschmeckt, und Sand hatte zwischen Karlas Zähnen geknirscht, während Günther und sie zusammen geschlafen

hatten. Karla erinnerte sich an den klaren Himmel des Südens, an die unzähligen Sterne, an die samtige Luft und das Plätschern des Wassers.
Warum, dachte Karla, kann man nicht so oder wenigstens so ähnlich bleiben, auch wenn man älter wird? Warum macht das Leben aus uns Menschen diese ernsthaften, unansehnlichen Figuren, die ihren Mut, ihre Neugierde und ihr Lachen verlieren?

Günther stand auf Majas winziger Terrasse und rauchte eine Zigarette. Von hier aus konnte er in die Wohnzimmer der Nachbarhäuser gucken, in denen prächtige Weihnachtsbäume standen, geschmückt mit Kerzen und Lametta.
Maja und er hatten keinen Weihnachtsbaum. Günther hatte es versäumt, einen zu besorgen. Er hatte ja nicht wissen können, daß die Ärzte beschließen würden, Maja am ersten Weihnachtsfeiertag vorzeitig zu entlassen – in der Hoffnung, daß sich eine Rückkehr in heimische Gefilde günstig auf ihren Zustand auswirken würde.
Diese Hoffnung hatte sich nicht erfüllt. Seit gestern mittag lag Maja im Bett, trank und starrte apathisch vor sich hin. Die Ärzte hatten Günther gesagt, Maja litte unter einer postnatalen Depression, von der sie, nach menschlichem Ermessen, in Bälde wieder genesen würde. Aber daran glaubte Günther nicht. Er war überzeugt davon, daß es etwas Schlimmeres war, was da vorging. Seit Maja nach ihrer Kaiserschnittoperation aufgewacht war, war sie nicht mehr dieselbe. Es war, als habe sich ein fremder Geist ihres Körpers bemächtigt; der Geist eines bösen, haltlosen Menschen. Gleich der erste Blick, den sie Günther nach der Geburt der Kinder zugeworfen hatte, war voller Haß gewesen. Und in den zwei Wochen, die seit diesem Ereignis vergangen waren, war es noch zu keiner Annäherung gekommen. Ihre Kinder wollte Maja

weder sehen noch anfassen, und das, obwohl die Ärzte ihr ausdrücklich gesagt hatten, daß gerade für Frühgeborene der Kontakt mit der Mutter besonders wichtig ist.
Günther zerriß es jedesmal das Herz, wenn er seine Söhne sah. Winzig und nackt lagen sie unter ihren Wärmelampen. Manchmal verzerrten sich ihre kleinen Gesichter, die Münder öffneten sich, als wollten sie schreien. Aber zum Schreien waren die Kinder zu schwach. Dabei hatten sie alles in allem Glück gehabt. Beide Söhne waren gut entwickelt und hatten, soweit man es absehen konnte, keine Behinderungen. Sie konnten inzwischen aus der Flasche trinken und selbständig atmen. Und sie waren süß! Max und Moritz, wie Günther sie genannt hatte, waren die Lieblinge der Station.
Günther konnte es einfach nicht fassen, daß Maja sich für die niedlichen Kinder nicht interessierte. Sie hielt sich aus allem heraus. Sowohl die Namen der Kinder waren ihr egal als auch, was die Ärzte über ihren Zustand sagten. Maja war weder neugierig auf den Entlassungstermin, noch machte sie sich Gedanken, wie die Zwillinge in der kleinen Wohnung untergebracht werden sollten.
Alles – aber auch wirklich alles blieb an Günther hängen. Mißmutig schmiß er seine Zigarette über die Geländerbrüstung und ging zurück in die Wohnung. Auch hier herrschte Chaos. Es half nichts. Wenn Günther wollte, daß es um ihn herum halbwegs erträglich aussah, mußte er sich selbst an die Arbeit machen.
Er holte einen Müllsack aus der Putzkammer und stopfte die herumliegenden Illustrierten hinein. Auch die Essensreste, die Zigarettenkippen und die leeren Bierdosen landeten in dem Sack. Günther ließ die Spüle mit heißem Wasser volllaufen und weichte das schmutzige Geschirr darin ein. Dann ging er mit dem Staubsauger durch die Wohnung. Im Bad sah es besonders schlimm aus. Seit dem Kaiserschnitt litt Maja

unter blutigem Ausfluß. Ihre schmutzigen Binden warf sie einfach auf den Boden, in die Badewanne oder ins Klo.
Gestern Abend hatte Maja das Versteck entdeckt, in dem Günther seinen Gebißreiniger und die Haftcreme aufbewahrte. »Du hast falsche Zähne?« hatte sie grinsend gefragt. »Das wußte ich ja gar nicht! Los, nimm sie mal raus!«
Natürlich hatte Günther sich geweigert, auf das geschmacklose Ansinnen einzugehen. Aber seit Maja wußte, daß er eine Prothese trug, starrte sie, wann immer Günther etwas sagte, wie hypnotisiert auf seinen Mund. Wenn Günther das Geld gehabt hätte, hätte er sich Implantate machen lassen. Aber wovon? Sein Büro an der Alster hatte er wegen mangelnder Aufträge untervermieten müssen. Friedhelm und er hockten nun dicht an dicht in einem kleinen Nebenraum, in dem noch nicht einmal ein Zeichentisch Platz hatte. Das bitterste aber war, daß der neue Mieter ihrer ehemaligen Räume, ein Medienagent, genau das Leben führte, wie es früher für Günther und Friedhelm selbstverständlich gewesen war. Mehrmals wöchentlich fuhr der Lieferwagen eines teuren Feinkosthändlers vor und lud kalte Buffets und kistenweise Champagner ab. Feingemachte Damen und Herren erschienen, man aß, trank und besprach Projekte. Günther dachte an die letzte Woche, als einer der Gäste des Medienagenten ihn, Günther, für den Hausmeister gehalten hatte. Ob er in der Lage sei, ein Rechaud in Gang zu setzen, hatte der Mann gefragt. Die Leute von der Feinkosthandlung hätten es vergessen, und eine Hummercremesuppe schmecke nun einmal nicht kalt. In knappen Worten hatte Günther den Mann, einen braungebrannten Filmschnösel, darauf aufmerksam gemacht, daß er nicht nur niedergelassener Architekt, sondern auch Herr des Hauses war.
Günther stopfte Majas schmutzige Binden in den Müllsack. Nachdem er den Abfall ins Treppenhaus geschafft hatte,

setzte er sich im Wohnzimmer aufs Sofa und mixte sich einen Gin-Tonic. Er zündete die Kerzen des kleinen Adventsgestecks an, das Majas Mutter Anfang Dezember vorbeigebracht hatte, bevor sie zusammen mit ihrem Freund, einem Arztkollegen, nach Bosnien aufgebrochen war, um dabei zu helfen, ein zerbombtes Krankenhaus wieder aufzubauen.
Günther fühlte, wie der Alkohol ihn wärmte. Voller Kummer dachte er an Max und Moritz, die ihr erstes Weihnachtsfest unter so traurigen Bedingungen verbringen mußten. Wenn Maja die Kinder weiterhin ablehnte – was sollte dann aus ihnen werden?
Günther wurde das Herz schwer vor Sorge. Er spielte mit dem Gedanken, Karla anzurufen. Aber die hatte ihn bereits am Heiligen Abend abblitzen lassen. Sie hatte ja einen neuen Gefährten. Ein Exmann störte da vermutlich nur. Es war schon erstaunlich, mit welcher Geschwindigkeit sich Karla nach dreißig Jahren Ehe abgenabelt hatte.
Vermutlich hat sie mich nie wirklich geliebt, dachte Günther. Selbstmitleid schwappte über ihm zusammen wie Meereswogen. Er stützte seinen Kopf in die Hände und begann zu weinen.

Frühling

Forschen Schrittes ging Günther durch den Park. Der Himmel leuchtete in zartem Frühlingsblau. Die Bäume blühten.
April, dachte Günther, dem Glücksgefühle schier den Brustkorb sprengten. Der schönste Monat, den es gibt. Zügig näherte er sich dem Spielplatz. Er kniff die Augen zusammen und versuchte zu erkennen, ob Maja unter den Müttern war, die dort auf den Bänken saßen. Sie hatten sich um die Mittagszeit hier verabredet und wollten gemeinsam in ein Gartenlokal gehen. Diese schlanke Gestalt in dem zitronengelben Schlauchkleid – konnte das Maja sein? Günther ärgerte sich, daß er seine Fernbrille nicht dabei hatte. In letzter Zeit war das eine Geißel: Er verlegte Dinge, vergaß Namen, Telefonnummern und Termine. Zweimal war er nun schon mit offenem Hosenladen ins Büro gegangen. Er hatte einfach vergessen, ihn nach dem Pinkeln zuzuknöpfen.
Jetzt erkannte Günther Maja. Mit ihrem neuen Kurzhaarschnitt sah sie aus wie eine Zwölfjährige. Sie war noch dünner als vor der Geburt der Zwillinge. Durch das Untergewicht neigte Maja zur Nervosität, aber sonst hatte sie zu ihrer alten Fröhlichkeit zurückgefunden. Und was das Wichtigste war: Maja lehnte ihre Kinder nicht mehr ab.
Dabei hatte zunächst alles recht düster ausgesehen. Nahezu drei Monate hatten die Kinder im Brutkasten liegen müssen, und als ihr Entlassungstermin sich genähert hatte, war Maja alles andere als erfreut gewesen.
»Können wir sie nicht einfach lassen, wo sie sind?« hatte sie Günther gefragt. »Ich meine, da haben sie doch alles!«

Günther war ratlos gewesen. Glücklicherweise hatte Fiona die Sache in die Hand genommen. Mit sanfter Gewalt hatte sie ihre Tochter ins Krankenhaus geschleppt, war mit ihr in die Säuglingsstation gegangen und hatte ihr die Babys einfach in den Arm gelegt. Und prompt hatte Mutter Natur ihr Werk getan. Von einer Sekunde zur anderen hatte Maja sich in ihre Kinder verliebt. Seitdem waren die drei unzertrennlich. Nachts schliefen die Babys in Majas Bett. Tagsüber schleppte Maja sie in der Gegend herum. Kinderbett oder Wickelkommode lehnte Maja ab. Ihre eigene Mutter habe Derartiges auch nicht gehabt, behauptete sie. Sie seien damals einfach so durch die Gegend zigeunert, und irgendwie habe sich immer alles Notwendige gefunden.
»Günther!« Maja hatte den Vater ihrer Kinder entdeckt und kam lächelnd auf ihn zu. Sie küßte ihn auf die Wange und führte ihn zu der Bank, neben der die Zwillinge in einem Bollerwagen lagen und schlummerten.
Gerührt sah Günther auf seine Söhne herab. Sie waren rund und rosig. Man sah ihnen nicht an, was für Kümmerlinge sie noch vor ein paar Wochen gewesen waren.
»Mein süßer Schatz«, sagte Günther zu Maja, als sie nebeneinander auf der Bank saßen. »Ich habe eine Überraschung für dich.«
Maja hielt ihm ihr frisches, erwartungsvolles Gesicht entgegen, das Günther in diesem Moment fast überirdisch schön vorkam.
»Paß auf«, fing Günther feierlich zu sprechen an. »Da es im Februar mit unserer Hochzeit nicht geklappt hat, möchte ich dir jetzt, wo alles wieder gut ist, erneut einen Antrag machen.« Günther nestelte in seiner Jackentasche nach dem schlichten Goldreif, den er am Vormittag in einem Kaffeegeschäft erstanden hatte. Endlich bekam er den Ring zu fassen und hielt ihn Maja hin.

»Der Ring ist nett«, sagte sie. »Den nehm ich. Aber heiraten brauchen wir nicht mehr.«
»Wie bitte?« Günther glaubte, er habe sich verhört.
»Die Kinder sind doch eh schon auf der Welt«, erklärte Maja. »Und überhaupt, der Hochzeitsscheiß, der hat uns nur Unglück gebracht. Erinner dich mal, wo meine Fruchtblase geplatzt ist. Es war in der Brautabteilung von diesem Kaufhaus.«
»Aber Maja!« Günther mußte lachen. Die naive Art, mit der Maja sich Zusammenhänge zurechtzubasteln pflegte, amüsierte ihn. »Du willst doch sicher, daß unsere Kinder meinen Namen tragen«, sagte er. Er dachte an die Aselmann-Brücke und daran, daß er, als deren Erbauer, immerhin ein Stück weit in die Architekturgeschichte eingegangen war. Seine Söhne konnten davon sicher einmal profitieren.
»Das ist doch piepe, wie die Kinder heißen«, sagte Maja. Jenseits der grünen Wiese schien sie einen Bekannten entdeckt zu haben. Sie sprang auf und schwenkte das Spucktuch der Zwillinge wie eine Fahne durch die Luft.
Günther suchte nach geeigneten Worten. Der Umgang mit einem Menschen, der so jung war wie Maja, erforderte besondere Sensibilität. Das Mädchen wußte oft nicht, was es wollte. Maja war flatterhaft und unstet wie ein kleiner Kohlweißling, und manchmal mußte sie mit ruhiger Hand auf den richtigen Pfad zurückgeführt werden.
»Es geht ja nicht nur um den Namen«, gab Günther zu bedenken. »Mir liegt nun einmal daran, auch vor dem Gesetz für dich und die Kleinen verantwortlich zu zeichnen.«
Maja, die nicht zugehört hatte, lief jubelnd auf den jungen Mann zu, der in diesem Moment die Wiese überquerte. Günther sah, wie die beiden sich umarmten. Der Mann sah sehr gut aus. Auf dem Rücken trug er ein krähendes Kleinkind, das von Maja überschwenglich begrüßt wurde.

In ausgelassener Stimmung näherte sich die kleine Gruppe der Parkbank, auf der Günther saß, neben sich die schlummernden Zwillinge.
Günther wußte, was nun kommen würde. Es war immer dasselbe. Sie sind wohl der Opa, würde es heißen. Was sagen Sie denn bloß zu Ihren Enkelchen?
Ruckartig, noch bevor Maja und ihr Begleiter ihn erreicht hatten, stand Günther auf. Mit zügigen Schritten näherte er sich dem Ausgangstor. Er hörte, wie Maja nach ihm rief, aber er reagierte nicht. In Günthers Ohren war wieder dieses Dröhnen und Rauschen, und sein Herz hämmerte, als wolle es jeden Moment zerspringen.

Karla zählte ihr Geld. Sie konnte es kaum fassen, wieviel sie in den letzten vier Wochen verdient hatte. Seit dieser Zeit nämlich arbeitete sie als selbständige Kosmetikerin. Günthers früheres Arbeitszimmer hatte Karla zu einer Schönheitskabine umbauen lassen. Von Fußpflege und Aknebehandlungen hatte sie sich verabschiedet und sich ganz auf kosmetische Massagen spezialisiert. Achtzig Mark nahm Karla für eine einstündige Behandlung. Bei täglich fünf Arbeitsstunden hatte sie am Abend vierhundert Mark in der Kasse. Im Monat kamen auf diese Art achttausend Mark zusammen. Mit der Kündigung bei Helen hatte es keine Probleme gegeben. Helen war der Rummel um Karlas heilende Hände sowieso zuviel geworden. Immer öfter hatte Karlas ehemalige Chefin sich nach den alten Zeiten zurückgesehnt, als sie in Ruhe ihre zwei, drei Kunden am Tag hatte behandeln können, bei Radiogedudel und Instant-Kaffee.
Die beiden Frauen hatten allerdings beschlossen, in Kontakt zu bleiben. Und so geschah es auch. Helen und Karla telefonierten alle paar Tage. Am Wochenende gingen sie manchmal ins Kino oder in ein Restaurant, und jetzt, wo es warm

wurde, trafen sie sich ab und an im Park. Auch Franzen gesellte sich manchmal zu den Frauen. Sein neuer Freund hatte ihn mittlerweile verlassen. Glücklicherweise wollte Franzen den Kater trotzdem nicht zurückhaben.

Karla war froh, daß sie das Tier behalten durfte. Sie hatte den Kater ins Herz geschlossen. Nachts schlief er neben ihr im Bett, so daß das erste, was sie am Morgen sah, sein liebes, rundes Katzengesicht war. Wenn Karla vom Einkaufen kam, saß der Kater hinter der Wohnungstür und begrüßte sie mit erfreutem Gemaunze. Am schönsten aber waren die Abende, wenn sie gemeinsam vorm Fernseher saßen und der Kater sich in ihren Schoß schmiegte, um dort einzudösen. Die Wärme des Tieres, sein gleichmäßiger Atem, wirkten wohltuend auf Karla. Sie konnte fühlen, wie ihr Puls sich nach einem anstrengenden Arbeitstag wieder normalisierte und wie tiefer Friede in ihre Seele einkehrte.

Karla, die noch immer vor ihrem Geldscheinhaufen saß, fuhr zusammen, als das Telefon schrillte. Für den Bruchteil einer Sekunde fühlte sie sich wie ein Bankräuber, der gerade seine Beute in Augenschein nahm, während er jeden Moment mit dem Auftauchen seiner Verfolger rechnen mußte.

Günther war am Apparat. Er wolle mal hören, sagte er, wie es Karla gehe.

»Gut geht es mir«, erwiderte Karla. »Dir hoffentlich auch? Was machen die Kinder?«

»Alles glänzend, alles bestens«, sagte Günther. »Es sind zwei Prachtjungen geworden. Wenn du willst, komme ich vorbei, und du kannst sie dir einmal ansehen.«

Karla schwieg einen Moment. Günthers ständige Ankündigungen eines Besuches gingen ihr auf die Nerven. Sie war nicht neugierig auf seine Kinder. Und erst recht war sie nicht neugierig auf ihn. »Was ist aus deiner Hochzeit geworden?« wechselte sie das Thema. »Habt ihr das nachgeholt?«

Jetzt war es Günther, der mit einer Antwort zögerte. Bei solchen Fragen mußte ein geschiedener Mann auf der Hut sein. Meistens ging es dabei um einen Anspruch auf Unterhalt. Aber in diesem Punkt, das nahm Günther sich vor, würde er hart bleiben. Karla hatte bei der Scheidung auf Unterhalt verzichtet. Dabei blieb es nun auch.

»Wir sind im Begriff, es zu tun«, sagte er schließlich. »Es hat sich alles ein wenig verzögert.«

»Nun«, meinte Karla. »Dann wünsche ich euch alles Gute.«

Das Gespräch geriet ins Stocken. Angestrengt dachte Karla darüber nach, wie sie es erneut in Gang bringen konnte. Sollte sie Günther nach der beruflichen Entwicklung fragen? Von Friedhelms Frau hatte Karla erfahren, daß die beiden Männer, was Aufträge anging, auf dem trockenen saßen. Zuletzt hatten sie ein Hochbett für das Kinderzimmer einer Sozialwohnung in Altona konstruiert. Gleich in der ersten Nacht war das Bett unter dem Sohn des Hauses zusammengebrochen. Der Junge hatte schwere Prellungen davongetragen, und Günther und Friedhelm hatten nun eine Schmerzensgeldklage am Hals.

»Was macht die Wohnungssuche?« fragte Karla. Sie stellte sich vor, wie eng es sein mußte mit zwei Kindern in einer Anderthalbzimmerwohnung.

»Wir bauen im Sommer«, sagte Günther. »Wird ein ganz dolles Ding. Außerhalb. Ist besser für die Kinder.«

Wieder trat ein längeres Schweigen ein.

»Also dann«, versuchte Karla das Gespräch zu beenden. »Mach es gut, Günther. Oder gibt es noch was?«

Günther, am anderen Ende, reagierte nicht.

Plötzlich wallte Wut in Karla hoch. Wieso rief Günther ständig an, nur um nach kurzem, nichtssagendem Geplänkel in hartnäckiges Schweigen zu verfallen?

»Ich muß jetzt Schluß machen«, sagte Karla. »Es kommt gleich eine Kundin.«
»Zu dir nach Hause?« fragte Günther. »Hast du nicht mehr diesen Hühneraugen-Job in Lurup?«
»Nein«, erwiderte Karla. »Ich behandle jetzt hier. In meiner Wohnung. Ich hab dein früheres Arbeitszimmer zu einer Kosmetikkabine umbauen lassen.«
»Mein Arbeitszimmer?« fragte Günther, der plötzlich hellwach zu sein schien. Das konnte nicht Karlas Ernst sein, daß sie in jenem Zimmer, in dem er, Günther, damals die Aselmann-Brücke entworfen hatte, anderen Leuten an den Füßen herumpolkte. »Sind denn dort nicht noch Akten von mir?« fragte er. Es wollte ihm einfach nicht in den Kopf, daß Karla sich des großen, lichtdurchfluteten Raumes im vorderen Teil der Wohnung bemächtigt hatte, während er und Friedhelm täglich in einem finsteren Kabuff zusammenhockten, das nicht größer war als eine Abstellkammer.
»Die Akten habe ich weggeschmissen«, sagte Karla. »Du hast gesagt, was du bis Weihnachten nicht abgeholt hättest, könnte ich zum Sperrmüll geben. Günther? Bist du noch dran?«
Karla konnte nicht wissen, daß Günther soeben eine Atemübung machte, die Friedhelm ihm für Situationen großer emotionaler Erregung beigebracht hatte.
»Günther?« fragte Karla noch einmal. »Günther? Bist du noch in der Leitung?«
Am anderen Ende rührte sich noch immer nichts. Karla platzte der Kragen. Sie knallte den Hörer auf die Gabel, räumte den Geldscheinhaufen in eine Schublade, schlüpfte in ihren weißen Kittel und bereitete die Kabine für die nächste Behandlung vor.

Als Günther am Abend heimkam zu Maja, fand er das übliche Szenario vor. Die Wohnung glich einem Schlachtfeld – nur daß jetzt, im Gegensatz zu früher, auch noch zwei schreiende Babys in dem Durcheinander herumlagen und daß am Wohnzimmertisch irgendwelche Leute zusammensaßen, Wein tranken und sich lautstark unterhielten. Es waren Freunde von Maja, teils aus der Schulzeit, teils Kollegen aus dem Kleiderladen, in dem sie vor der Geburt der Kinder gearbeitet hatte.
Günther fand keinen Zugang zu diesen jungen Menschen. Er hatte das Gefühl, daß sie ihn beäugten wie eine Attraktion aus einem Zirkus. Majas Freunde blieben ernst, wenn Günther einen Witz machte, und sie wollten sich ausschütten vor Lachen, wenn er auf seriöse Art zu ihnen sprach. Das Ganze war mehr als anstrengend.
Heute abend hatte Günther nicht die Nerven, den Trubel um sich herum zu ertragen. Es mußte möglich sein, daß er einmal mit seiner kleinen Familie allein war. Ohnchin war ein Machtwort längst fällig. So trat Günther, nachdem er seine Aktentasche verstaut und sein Jackett an die Garderobe gehängt hatte, mit gestrafftem Brustkorb an die fröhliche Runde heran.
»Hallo, Freunde«, sagte er in höflichem, aber festem Ton. »Sicher haben Sie Verständnis dafür, daß ich mit meiner Frau und unseren beiden Kindern einmal ungestört den Feierabend genießen möchte. Ich bitte Sie daher zu gehen.« Und zwar unverzüglich! hätte Günther am liebsten hinzugefügt, aber das verkniff er sich dann doch.
Kaum hatte Günther seinen Satz beendet, erstarb das Lächeln auf den Gesichtern von Majas Gästen. Maja starrte Günther mit offenem Mund an. Niemand sagte ein Wort, und im Raum entwickelte sich eine Spannung, die an Günthers Nerven zerrte.

»Wir haben uns doch wohl verstanden?« fragte Günther. Sein Ton wurde jetzt eine Spur schärfer. »Ich möchte, daß Sie meine Wohnung nun verlassen.«
»Deine Wohnung?« fragte Maja. Die beiden jungen Männer, die rechts und links von ihr saßen, grinsten Günther mit einer Mischung aus Verlegenheit und Impertinenz ins Gesicht.
In diesem Moment – wieso wußte er selbst nicht – mußte Günther an die Anfangsszene von Shakespeares *Macbeth* denken, in der die drei Hexen bei Blitz und Donner ihren bösen Plan beschließen. »Wann der Wirrwarr ist zerronnen, Schlacht verloren und gewonnen«, schoß es Günther durch den Kopf. »Schön ist wüst, und wüst ist schön, wirbelt durch Nebel und Wolkenhöhn!«
Plötzlich fühlte Günther sich entsetzlich müde. »Entschuldigt«, sagte er und wandte sich ab. »Ich bin sehr abgespannt. Ich lege mich ein wenig hin.«
Er ging hinüber ins Schlafzimmer und machte die Tür hinter sich zu. Auch hier sah es gräßlich aus. Bett und Fußboden waren bedeckt mit Babykleidern, schmutzigen Windeln und halbausgetrunkenen Milchfläschchen. Günther sammelte die Sachen ein und tat sie in einen Wäschekorb. Als er sich aufs Bett legen wollte, verfingen sich seine Haare in dem Mobile, das Maja für die Kinder an der Decke befestigt hatte. Günther konnte den Schwung seiner Bewegung nicht mehr stoppen. Das Mobile krachte auf ihn herunter. Bedeckt von bunten Flugzeugen und Hubschraubern lag er auf der schmuddeligen Tagesdecke von Majas Bett und versuchte, ein wenig zu entspannen. Weitere Zeilen aus Shakespeares Stück schwirrten durch Günthers Kopf. »Sie waren wie Kanonen überladen; mit doppeltem Gekrach, so stürzten sie, die Doppelstreiche doppelnd, auf den Feind: Ob sie in heißem Blute baden wollten, ob auferbaun ein zweites Golgatha, ich weiß es nicht – doch bin ich matt, die Wunden schrein nach Hilfe…«

Voller Dankbarkeit erinnerte Günther sich an jenen schönen Theaterabend, den er damals, zum Anlaß ihrer silbernen Hochzeit, mit Karla in Bochum verlebt hatte. Karla hatte recht hübsch ausgesehen in dem schwarzen Kostüm, das er ihr geschenkt hatte. Ob Günther auch Maja einmal ein Kleidungsstück mitbringen sollte? Vielleicht würde das die Stimmung zwischen ihnen bessern.
Günther war soeben im Begriff, ein wenig einzududeln, als die Schlafzimmertür aufging und Maja im Raum stand. Sie hatte die Arme in die Seiten gestemmt wie ein Fischweib, und ihr Gesicht war verzerrt vor Wut.
Wenn eine Frau sich derart präsentierte, dachte Günther, dann nützten ihr selbst Jugend und Schönheit nichts. Sie wirkte häßlich und ordinär.
»Günther«, fing Maja in schrillem Ton zu sprechen an. »Ich glaube, es wird Zeit, daß wir mal über ein paar Dinge miteinander reden. Und um eins ganz klar zu sagen: Ich will, daß du hier ausziehst. Daß du verschwindest, verstehst du? Daß du die Platte putzt.«
Günther setzte sich erschrocken auf. Hubschrauber und Flugzeuge rieselten an ihm herab, als er sich nach vorne neigte und in versöhnlicher Geste seine Hände nach Maja ausstreckte. Ganz offensichtlich hatte sie wieder einen dieser Anfälle, wie kurz nach ihrer Kaiserschnittoperation. Majas Hormonhaushalt schien noch immer nicht ganz in Ordnung zu sein.
»Reg dich nicht auf, mein Liebes«, sagte Günther in beruhigendem Tonfall. »Es kommt alles wieder in Ordnung. Sieh mal, wir haben zwei süße, gesunde Kin...«
»Papperlapapp!« schnitt Maja ihm das Wort ab. »Du quasselst den lieben, langen Tag eine Scheiße zusammen, daß es nicht mehr auszuhalten ist. Und eine Hilfe bei den Kindern bist du auch nicht. Im Gegenteil!«
Benommen lauschte Günther Majas rüden Worten. Es war

keine schöne Sprache, derer sie sich da befleißigte. Aber was wollte man erwarten? Das Mädchen hatte mit knapper Not die mittlere Reife geschafft. Bei Max und Moritz, das beschloß Günther in dieser Minute, würde er darauf bestehen, daß sie ein glänzendes Abitur hinlegten.

»Du bist einfach eine Flasche«, hörte Günther Maja sagen. »Eine Nullnummer. Eine Zumutung für die Menschheit!«

Günther war klar, daß Maja sich in Rage redete, weil sie getrunken hatte. Er beschloß, sie nicht zu unterbrechen. Es half ja nichts. Maja hatte Probleme, und die mußten aus ihr heraus.

»Was ist denn mit dem großen Haus, von dem du getönt hast, als ich schwanger war?« keifte sie. »Mit den Reisen, die wir machen wollten? Die Wahrheit ist doch, daß du pleite bist. Wovon leben wir denn hier? Von meinem Mutterschaftsgeld! Von dem, was meine Mutter zuschießt! Noch nicht mal an der Miete hast du dich bisher beteiligt!« Erschöpft hielt Maja inne. Während sie nach Worten suchte, fiel ihr auf, wie bleich und still Günther geworden war. Wie er so dahockte mit seinem großen, roten Kopf und dem weißbehaarten, irgendwie mürbe wirkenden Brustkorb unter dem halboffenem Hemd, tat er Maja auf einmal leid. Sie setzte sich zu ihm aufs Bett und pflückte einen der Hubschrauber von seinem Kragen.

»Hör mal, Günther«, sagte sie. »Wir beide – das funktioniert einfach nicht.« Mit einer kindlich verzweifelten Geste raufte Maja sich das Haar. Jetzt wirkte sie wieder wie früher: elfenhaft, anmutig und zart. Günthers Herz zog sich zusammen vor Liebe.

»Laß uns Schluß machen«, sagte Maja. »Kannst du nicht zurückgehen zu deiner Frau?«

Günther wurde plötzlich von einem Gefühl der Brustenge befallen. Seine Luftröhre schien dünn wie ein Strohhalm zu

werden, und er brachte die eingeatmete Luft nicht mehr heraus.
»Jetzt komm, Günther«, sagte Maja, so sanft sie nur irgend konnte. »Wir wollen uns nicht unnötig quälen. Ich ziehe noch heute zu meiner Mutter. Sie hat ihr Dach für die Kinder und mich ausbauen lassen. Max und Moritz werden es gut dort haben. Der große Garten, die herrliche Umgebung. Natürlich kannst du uns da ab und zu besuchen. Und wenn du willst, kannst du die Wohnung hier behalten. Die Miete«, fügte Maja in nüchternem Ton hinzu, »mußt du dann natürlich selbst übernehmen.«
Günther fiel es wie Schuppen von den Augen. Dies war ein abgekartetes Spiel. Maja mußte ihren Auszug längst geplant haben. Günthers unbedachte Worte im Beisein ihrer Freunde hatten lediglich wie ein Katalysator gewirkt.
»Du willst wirklich weg?« fragte Günther. »Jetzt sofort?«
»Ja«, sagte Maja mit jener naiven Grausamkeit, die von jeher ein Vorrecht der Jugend ist. »Die anderen sind mit den Babys schon vorgefahren. Ich fahre mit dem Rad hinterher. Und sorg dich nicht: Was die Kinder brauchen, hat meine Mutter alles besorgt. Meine Sachen hole ich morgen, wenn du bei der Arbeit bist. Laß uns Freunde bleiben, ja?« Maja gab Günther einen knallenden Kuß auf die Wange. Dann war sie weg, und Günther blieb allein zurück.

Wieder saß Karla an ihrem großen Eßzimmertisch. Diesesmal hatte sie nicht Geldscheine vor sich, sondern Formulare vom Finanzamt.
Es war unmöglich, da durchzusteigen. Die Formulare wimmelten von Begriffen, unter denen Karla sich nichts vorstellen konnte. War sie mehrwertsteuerpflichtig? Was war der Unterschied zwischen Gewerbeumsatzsteuer und Einkommenssteuer?

Karla seufzte. Mit diesen Dingen, soviel war klar, würde sie alleine nicht fertig werden. Als es klingelte, sprang Karla auf. Bestimmt war das Helen. Die konnte ihr sicher helfen oder ihr doch mindestens einen Steuerberater nennen, den man mit der Sache beauftragen konnte.
Aber es war nicht Helen, sondern Günther, der die Treppe heraufkam.
»Ich war in der Gegend«, sagte er. »Und da wollte ich mal nach dir schauen.«
Obwohl Karla wieder fast so schlank wie in jungen Jahren geworden war, fand Günther, daß sie recht verbraucht und ältlich wirkte – besonders, wenn sie so grantig dreinschaute wie im Moment. Frauen über fünfzig, dachte Günther, sollten nach Möglichkeit überhaupt keine muffige Miene mehr zur Schau tragen.
»Ein Täßchen Tee wirst du für deinen Exmann wohl noch übrig haben«, sagte er. Dann quetschte er sich an Karla vorbei ins Innere der Wohnung.
»Wo ist er denn?« Günther sah sich neugierig um.
»Wer?« fragte Karla.
»Na, dein Freund!« sagte Günther.
Karla überlegte, ob sie Günther darüber aufklären sollte, daß es sich bei ihrem neuen Mitbewohner um ein Haustier handelte. Der Kater hatte sich bei Günthers Erscheinen fluchtartig unter den Geschirrschrank begeben. Nur die Spitze seines getigerten Schwanzes lugte noch hervor.
»Mein Freund ist zur Kur«, log Karla, nachdem sie zu dem Schluß gekommen war, es sei besser, Günther in dem Glauben zu lassen, sie habe wieder einen Mann. »Er kommt heute abend zurück.« Karla führte Günther zum Eßtisch und bot ihm einen Kaffee an.
»Karla«, sagte Günther in tadelndem Ton. »Du weißt, daß ich Kaffee nicht mag. Ich bin Teetrinker.«

»Ja.« Karla nickte. Dann setzte sie sich an den Tisch und nahm einen Schluck aus ihrer Tasse.
Günther wunderte sich. Die arme Karla schien recht zerstreut zu sein. Ob sie Probleme hatte?
Günthers Blick fiel auf die Formulare, die auf dem Tisch lagen.
»Machst du deine Steuer?« fragte er. »Wenn du willst, kann ich dir helfen. Schwer kann das in deinem Fall nicht sein. Kommst du denn überhaupt auf fünfhundertneunzig Mark im Monat? Wenn nicht, brauchst du sowieso nichts zu bezahlen.«
»Fünfhundertneunzig Mark verdiene ich an einem Tag«, sagte Karla. Beunruhigt beobachtete sie, wie der Kater sich unter dem Geschirrschrank flach machte, wie er die Zähne fletschte und Günthers Knöchel fixierte.
»Du machst Witze«, Günther lachte. Von Frauen, die sich bei ihrem Exmann beklagten, daß ihnen das Geld nicht reiche, hatte er schon oft gehört. Daß es aber auch welche gab, die mit angeblichen Spitzenverdiensten prahlten, das war ihm neu.
»Du weißt doch, daß ich wieder arbeite«, sagte Karla. »Ich mache fast nur noch Massagen. Pro Behandlung nehme ich achtzig Mark. Das ist ein ganz normaler Preis, den die Leute anstandslos bezahlen.«
Günther hatte aufmerksam zugehört. »Das heißt«, sagte er. »Wenn du am Tag zehn solche Massagen machst, hast du achthundert Mark im Säckel. Bei einer Sechstagewoche könnten wir auf zwanzigtausend Mark im Monat kommen. Karla, das ist phantastisch!«
Mit hochgezogenen Brauen sah Karla Günther an. Manchmal mußte man sich wirklich fragen, ob er noch alle Tassen im Schrank hatte. »Es ist unmöglich, zehn solche Massagen am Tag zu machen«, sagte Karla. »Die Sache ist sehr anstrengend.«

Günther hatte abgeschaltet. Im Geiste rechnete er aus, daß es ein leichtes war, mit diesen Massagen auf eine Viertelmillion im Jahr zu kommen. Als kleine Kosmetikerin! Das war unglaublich.
»Ist der Tee noch nicht soweit?« fragte Günther. »Gib doch mal her die Unterlagen. Ich fülle dir das aus.«
Mit gemischten Gefühlen sah Karla, wie Günther sich in die Finanzamtsformulare vertiefte. Vielleicht war es keine schlechte Idee, ihn mit diesen Dingen zu beauftragen. In Steuersachen war Günther immer ein rechter Fuchs gewesen, der sich mit allen Tricks und Kniffen auskannte und dabei doch stets korrekt geblieben war. Aber was würde Günthers junge Frau sagen, wenn er seiner Geschiedenen die Bücher führte? Vermutlich gäbe das über kurz oder lang böses Blut.
»Laß nur, Günther«, sagte Karla. »Mein Freund kann mir helfen. Der kennt sich da aus.«
»Karla«, sagte Günther. Er legte die Papiere zur Seite und setzte eine besorgte Miene auf. »Du hast den Mann doch hoffentlich nicht über eines dieser Institute kennengelernt? Für diese Leute bist du ein dicker Fisch!«
»Quatsch«, Karla erhob sich. Günther verstand den Wink. Er wuchtete sich aus seinem Sessel und streckte Karla zum Abschied die Hand hin. Schließlich wollte er ihr nicht gleich bei seinem ersten Besuch auf die Nerven fallen. Eine Annäherung nach langer Trennung, die mußte behutsam eingefädelt werden.

Schweißbedeckt lag Günther in Majas Bett. Er hatte Fieber. Manchmal, wenn er kurz aufwachte und über sich das Moskitonetz sah, glaubte er, ein im Dschungel vergessener Soldat zu sein, der verzweifelt gegen den Tod ankämpfte. Günthers Kehle brannte vor Trockenheit, seine Eingeweide schrien nach Wasser.

Mühsam erhob Günther sich von seinem Lager. Er wankte ins Badezimmer, füllte ein Zahnputzglas mit Wasser und trank es auf einen Zug aus. Erschöpft sank er auf den Rand der Badewanne. Das Fieber verzerrte Günthers Wahrnehmungen. Die Farben um ihn herum kamen ihm unerträglich grell vor, wie bei einem falsch eingestellten Fernseher. Die Konturen der Dinge schienen zu zittern und zu schwingen, als wäre die Welt nichts anderes als eine Illusion, die sich jeden Moment auflösen konnte. Nannten die Hindus unsere Alltagswelt, die sie für ein Trugbild hielten, nicht »Maja«? Günther mußte lachen; das paßte ja.
Er trank noch ein Glas Wasser. Dann schleppte er sich zurück zum Bett. Wie lange lag er schon hier? Einen Tag? Eine Woche?
Aids, schoß es Günther plötzlich durch den Kopf. Konnte es sein, daß er Aids hatte? Sein Leben lang hatte er in erotischer Hinsicht mitgenommen, was sich bot. Kondome hatte er so gut wie nie benutzt.
Günther dachte darüber nach, mit wie vielen Frauen er in den letzten fünfzehn Jahren, seit es das Aids-Virus gab, geschlafen hatte. Dreißig? Fünfzig? Hundert? Soweit er sich erinnerte, waren weder Drogenabhängige noch Prostituierte darunter gewesen. Aber was sagte das schon? Es brauchte ja nur eine dieser Frauen einmal Kontakt mit einem bisexuellen Mann gehabt zu haben – schon konnte es passiert sein. Oder Bluttransfusionen. Hatte Elfie nicht damals von einem schweren Unfall erzählt, den sie gehabt hatte? Und Maja – was war überhaupt mit Maja? Die hatte bis zu dem Zeitpunkt, als sie ihn getroffen hatte, ausgesprochen locker gelebt.
In diesem Moment, als Todesangst Günthers Bewußtsein überflutete, legte er ein Gelübde ab. Wenn ich dies hier überstehe, schwor er sich, wenn sich herausstellt, daß ich gesund bin, dann will ich zu Karla zurückkehren. Ich will sie lieben

und ihr ein treuer, fürsorglicher Ehemann sein bis ans Ende aller Tage. Ich will ihr bei der Steuer zur Hand gehen, ohne auch nur einen Pfennig dafür zu verlangen. Und vor allem will ich wieder einziehen in die lichte, schöne Wohnung, die einst mein Zuhause war.

Als Günther sich all diese Veränderungen ausmalte, ging es ihm sofort besser. Das Fieber schien ein wenig zu sinken, und etwas kribbelte durch seine Adern, das sich anfühlte wie Lebensfreude. Wie konnte er es anstellen, Karla zurückzuerobern? In letzter Zeit hatte sie ihm gegenüber die unnahbare, emanzipierte Frau herausgekehrt. Sie hatte eine Art Membran zwischen Günther und sich errichtet, die nur von einer Seite aus durchlässig war. Wie man sah, war es leicht möglich, daß Günthers Herz durch Karla angerührt wurde. Sie selbst aber blieb kalt und verschlossen.

Nun, dachte er voller Zuversicht, das würde sich ändern lassen. Als erstes mußte dieser andere Mann aus dem Wege geschafft werden. Günther überlegte, was er von dem Rivalen eigentlich wußte. Stellte er einmal alle Informationen über den Mann zusammen, so kam heraus, daß es sich um einen rechten Trottel handeln mußte. Der Kerl war alt, konnte nicht Auto fahren, stand nicht mehr im Erwerbsleben, hockte am liebsten daheim, benötigte eine Kur und besaß keinerlei Vermögenswerte.

Ein solcher Mann konnte wohl kaum ein echter Gegner sein. Ein einziger beherzter Auftritt Günthers würde vermutlich genügen, um dem Alten den Garaus zu machen.

Warum die Sache aufschieben? dachte Günther. Wichtige Dinge, das hatte er gelernt, sollten stets umgehend erledigt werden. Günther warf einen Blick auf seine Armbanduhr. Viertel nach zehn. Um diese Zeit konnte man ohne weiteres noch einen Besuch machen.

Karla und Franzen saßen bei einem Glas Wein zusammen. Franzen hatte Karla bei ihrer Steuererklärung geholfen. Karla hatte ein paar Häppchen zurechtgemacht und eine Flasche Burgunder aus der Speisekammer geholt. Sie war gerade dabei, Franzen zum zweitenmal das Glas vollzuschenken, als sie ein Kratzen an der Wohnungstür hörte.
Karla erschrak. Hatte sie versehentlich den Kater ausgesperrt? Das konnte nicht sein. Friedlich schnurrend lag das Tier im Eßzimmer auf dem Tisch und ließ sich von der tiefhängenden Lampe den Pelz wärmen. Karla wollte eben aufstehen und nach dem Rechten sehen, als schwere Schritte sich dem Wohnzimmer näherten.
Im Türrahmen erschien Günther. Die Haare klebten ihm am hochroten, schweißglänzenden Kopf. Seine blutunterlaufenen Augen rollten in den Höhlen hin und her, daß einem angst werden konnte. Alle paar Sekunden zuckte er zusammen, so als stünde er kurz vor einem epileptischen Anfall.
»Günther!« rief Karla. »Was ist los? Bist du krank?« Sie sprang auf, nahm Günther beim Arm und führte ihn zum Sofa. Mit sanfter Gewalt drückte sie ihn in die Polster und öffnete seinen Kragenknopf. Karla sah, daß Günthers Hemd bekleckert war mit vertrocknetem Eigelb. Auch seine Hose war voller Flecken. Immer noch rollte er mit den Augen, wie ein Stummfilmdarsteller, der seinen Part kräftig überzog. Konnte es sein, daß etwas mit Günthers Gehirn nicht in Ordnung war? Eine geplatzte Ader vielleicht?
Franzen, durch dessen Kopf ähnliche Gedanken gingen, nahm Günthers Beine und legte sie hoch.
»Finger weg, Freundchen«, polterte Günther. Er hörte auf, mit den Augen zu rollen, und starrte Franzen derart feindselig an, daß dieser instinktiv einen Schritt zurücktrat.
»Alter Witwentröster«, lallte Günther. »Jetzt geht's dir an den Kragen.«

Franzen und Karla tauschten einen ratlosen Blick. Was war zu tun? Sollte man Günther einen Kognak einflößen? Oder einen Kaffee? Oder war es besser, einen Arzt zu holen?
»Soll ich gehen?« flüsterte Franzen, dem unter Günthers bösem Blick allmählich unbehaglich zumute wurde.
»Nein, bitte nicht«, sagte Karla hastig. »Bleiben Sie, bitte.«
Günther hatte sich inzwischen auf dem Sofa aufgesetzt. Er griff nach der Weinflasche und nahm einen tiefen Schluck.
»Dies alberne Getuschel«, sagte er zu Franzen, »nützt dir jetzt auch nix mehr. Dir gefällt's wohl hier, bei Karla?«
Franzen, der Angst hatte, etwas Falsches zu sagen, hielt vorsichtshalber den Mund. Aber das schien Günther noch mehr in Rage zu versetzen.
»Arroganter Pinkel!« brüllte er. »Säufst hier meinen Wein und sitzt dir deinen alten Arsch in meinem Sofa platt! Sag mal, kriegst du überhaupt noch einen hoch?«
»Ein Schlaganfall«, flüsterte Karla. »Es muß ein Schlaganfall sein. Bitte bleiben Sie bei ihm, ich rufe den Rettungswagen.«
Während Karla ins Schlafzimmer huschte, um zu telefonieren, blieb Franzen bei Günther sitzen. Er kann nicht viel älter sein als ich, dachte Franzen. Hatte Karla nicht erzählt, daß ihr früherer Gatte bis vor kurzem als selbständiger Architekt gearbeitet hatte? So schnell konnte es also mit einem abwärts gehen. Ein Äderchen im Gehirn, das ein wenig mürbe wurde, das schließlich platzte. Und schon verwandelte man sich in einen lallenden Idioten.
»Der Rettungswagen kommt«, flüsterte Karla, die leise ins Zimmer zurückgekommen war. Besorgt beugte sie sich über Günther, der mit zurückgelegtem Kopf auf dem Sofa lag und schnarchte.
»Ich glaube, er ist eingeschlafen«, sagte Franzen. »Er scheint

mich für eine Art Rivalen zu halten. Weiß er denn nicht, daß Sie alleine leben?«
Karla schlug die Hände vors Gesicht und fing an zu weinen. Das hatte sie nun angerichtet mit ihren Lügengeschichten. Günther war vor Kummer verrückt geworden. Aber was war mit Maja? Mit den Kindern? Wie hätte Karla ahnen sollen, daß Günther trotz seiner neuen Liebe noch so an ihr hing?
Ritterlich reichte Franzen Karla ein Taschentuch. Dann nahm er sie in den Arm und klopfte ihr sanft auf den Rücken.
Günther bekam in diesem Moment die Augen noch einmal auf. Umschlungen sah er Karla und Franzen vor dem dunklen Ausschnitt des Fensters stehen. Es war das letzte Bild, das er mitnahm, bevor tiefe Bewußtlosigkeit ihn umfing.

Umgeben von Blumen lag Günther in seinem Bett in einem Einzelzimmer des Universitätskrankenhauses. Soeben hatte er seinen Befund erhalten. Er litt weder an Aids, noch hatte er einen Schlaganfall. Günther hatte sich lediglich einen tückischen Grippe-Virus eingefangen, der, unbehandelt, zu extremen Fieberschüben führte, die von dem Betroffenen als eine Art Delirium erlebt wurden. Doch das Schlimmste war inzwischen überstanden. Rührend hatten Ärzte und Krankenschwestern sich um Günther gekümmert. Es war Karla, die dafür gesorgt hatte, daß er auf einer Privatstation liegen konnte. Sie zahlte das aus eigener Tasche. Günthers Krankenversicherung, bei der er seit Monaten keine Beiträge mehr entrichtet hatte, hatte sich geweigert, die Kosten für den Krankenhausaufenthalt zu übernehmen.
Behaglich streckte Günther sich in seinem Bett aus. Seit langer Zeit fühlte er sich endlich einmal wieder richtig gut. Friedhelm war am Morgen dagewesen, und die beiden Männer hatten beschlossen, ihr Architekturbüro aufzugeben. Die Zeiten waren vorbei, in denen präzise arbeitende Männer wie sie

gebraucht wurden. Heutzutage ging alles husch, husch, und jeder hergelaufene Idiot wurde mit hochkarätigen Aufträgen betraut. Kompetenz war nicht mehr gefragt. Das war traurig, aber es war eine Tatsache und mußte als solche akzeptiert werden.

Nun, es gab neue Aufgaben. Friedhelm hatte sich vorgenommen, seiner Frau im Haushalt zur Hand zu gehen. Auch Günther hatte sich zum Ziel gesetzt, Karla zu helfen. Dies war das Zeitalter der tüchtigen Frauen, und wer ein kluger Mann war, der stemmte sich dem nicht entgegen. Jahrtausendelang hatten schließlich die Männer das Heft in der Hand gehabt. Ganze Zivilisationen hatten sie aus dem Nichts entstehen lassen und durch allerhand Hochleistungen und Pioniertaten dafür gesorgt, daß die Menschheit den Schlamm der Steinzeit von sich hatte abwerfen können. Nun waren eben einmal die Frauen dran. Sollten sie doch zeigen, was sie konnten!

Günther sah auf seine Uhr. Fast drei. Da konnte er noch ein gemütliches Nickerchen machen, bevor Karla, wie jeden Tag, zum Tee kam. Heute hatte Günther eine besondere Überraschung für sie. Er wollte ihr sagen, daß er bereit war, seine Wohnung aufzugeben und zu Karla zurückzukehren. Karla mußte deswegen nicht einmal ihre Kosmetikkabine räumen. Günther hatte sich entschlossen, mit ihr zusammenzuarbeiten. Steuer, Buchhaltung, Terminkalender, mit all dem würde Karla nicht mehr belastet werden. Sie würde sich ganz und gar auf die Behandlung ihrer Klienten konzentrieren können. Noch einmal gingen Günther die phantastischen Hochrechnungen bezüglich Karlas Einkommen durch den Kopf. Wunderbare Zeiten kamen da auf sie zu, in denen sie im Geld geradezu schwimmen würden. Falls Karla nicht sofort wieder bereit sein würde, mit Günther das Ehebett zu teilen, dann gab es immer noch das Bügelzimmer, wo Günther – vorerst – seine kolumbianische Hängematte anbringen konnte.

Zufrieden legte Günther sich auf die Seite. Im Bewußtsein, daß eine strahlende Zukunft vor ihm lag, fiel er in einen traumlosen Schlummer.

Sommer

An einem heißen Julinachmittag saßen Karla und Helen in einem Straßencafé am Berliner Kurfürstendamm. Die beiden Frauen nahmen an einem Seminar über kosmetische Laserbehandlungen teil, das in einer großen, luxuriösen Schönheitsfarm am Wannsee stattfand. Zur Zeit hatten die Frauen Mittagspause. Plaudernd waren sie durch die Gegend um den Savigny-Platz gebummelt. Nun ruhten sie sich bei einer Tasse Kaffee aus.

Karla, die Günther auf Anraten seines behandelnden Arztes wieder in ihre Wohnung aufgenommen hatte, genoß die unbeschwerten Stunden mit Helen wie einen seltenen Luxus.

»Mit Günther funktioniert es einfach nicht«, berichtete sie der Freundin. »Er macht ja jetzt meine Termine. Nur – er bestellt die Leute viel zu früh! Wenn sie dann warten müssen, weil ich noch behandle, verwickelt er sie in blödsinnige Diskussionen. Einige Kunden fühlen sich regelrecht belästigt.« Mit bekümmertem Gesichtsausdruck rührte Karla in ihrer Kaffeetasse. Dann winkte sie der Kellnerin und bestellte sich ein Glas Kognak.

»Vielleicht will er einfach nur nett sein«, meinte Helen, »und weiß nicht, wie das geht.«

»Schon möglich.« Karla nickte. »Aber es ist ja nicht nur das. Kein Tag vergeht, an dem er nicht mit Hundekacke unterm Schuh über meinen neuen Teppichboden latscht. Er paßt einfach nicht auf, wo er hintritt! Abends hockt er auf dem Sofa und will bedient werden. Ich weiß wirklich nicht, wie ich das früher ausgehalten habe.«

»Vielleicht gewöhnst du dich wieder dran.« Helen schob sich einen großen Happen Schwarzwälderkirschtorte in den Mund. »Ich glaube wirklich«, sagte sie mit vollen Backen, »daß fast alles im Leben Gewohnheitssache ist.«
Nachdenklich nippte Karla an ihrem Kognak.
»Vielleicht hast du recht«, räumte sie ein. »Aber an eines gewöhne ich mich sicher nicht. An das Theater mit dem Kater. Günther tritt und schubst ihn, wann immer sich eine Gelegenheit bietet. Er macht die Badezimmertür zu, damit der Kater nicht auf sein Klo kann. Aber der Kater kann Günther auch nicht leiden. Zweimal hat er schon auf sein Kopfkissen gepinkelt, und letzte Woche hat er Günther in die Hand gebissen, daß es geblutet hat.«
»Du lieber Gott«, Helen fächelte sich mit der Speisekarte Luft zu. »Das ist ja schrecklich.«
Schweigend saßen Karla und Helen in der Sonne. Beide Frauen dachten das gleiche; daß nämlich die Präsenz von Männern immer, aber auch wirklich immer, mit dem Auftauchen von Problemen einherging. Sorglose Lebenszustände waren nicht möglich, sofern eine Frau sich nicht konsequent distanzierte vom anderen Geschlecht. Nur: konnte das die Lösung sein?

Günther packte den Inhalt der Einkaufstasche auf den Küchentisch. Es waren nicht etwa Milch, Brot und Aufschnitt, was er da ausbreitete, sondern ein Sortiment von Schädlingsbekämpfungsmitteln. An diesem Wochenende wollte Günther Karlas Kater den Garaus machen. Die Gelegenheit war günstig, denn Karla war mit ihrer früheren Chefin nach Berlin gefahren und würde erst morgen abend zurück sein.
»Bis dahin«, sagte Günther zu dem kleinen Kater, der auf der Türschwelle hockte und ihn sphinxhaft anstarrte, »bist du schon nicht mehr von dieser Welt.«

Günther setzte seine Lesebrille auf und studierte die Beipackzettel der diversen Gifte. Manche führten bei den betroffenen Tieren zu einer Atemlähmung, andere verursachten innere Blutungen. Am vielversprechendsten schien Günther das Rattengift zu sein.

Er öffnete eine Büchse Katzenfutter, kippte den Inhalt in den Freßnapf des Katers und mischte einige Löffel des geruchlosen, weißen Pulvers unter den fleischigen Brei. Dann stellte er dem Kater den Freßnapf hin. Aber obwohl das Tier seit zwei Tagen nichts bekommen hatte, beachtete es das Fressen nicht. Reglos blieb es sitzen, wo es war, die grünen Augen unverwandt auf Günther gerichtet.

»Was anderes gibt's nicht, Freundchen«, sagte Günther. »Der Hunger wird's dir schon reintreiben.«

Er ging rüber ins Wohnzimmer und schaltete den Fernsehapparat ein. Es gab ein Fußballspiel.

Behaglich streckte Günther sich auf dem Sofa aus und hangelte sich ein Bier aus dem Kasten. Nach Karlas Abreise hatte Günther sich von einem Getränkehändler mehrere Kästen Flensburger liefern lassen und sie der Einfachheit halber gleich neben das Sofa gestellt. Blöderweise war ihm vorhin eine Flasche Bier aus der Hand gerutscht. Ihr Inhalt war in Karlas weißen Teppich eingesickert und bildete dort einen häßlichen, dunklen Fleck. Aber Günther wußte eine Lösung. Er würde die hübsche, kleine Orientbrücke, die Karla vor Jahren in einem Preisausschreiben gewonnen hatte, aus dem Keller holen und über den Fleck legen. So würde Karla nichts merken von dem Malheur.

Halbzeit. Ob der Kater inzwischen gefressen hatte? Günther drehte den Ton leiser. Er lauschte, ob aus einem der Zimmer Geröchel zu hören war, der gedämpfte Radau eines kleinen Körpers, der sich unter einem Bett oder hinter einer Kommode in letzten, qualvollen Zuckungen wand. Aber es war still.

Günther stand auf und ging in die Küche. Unberührt stand des Katers Freßnapf neben der Spüle. Das Tier selbst war nirgends zu sehen.
Nun, dachte Günther, man mußte eben abwarten. Wenn der Kater bis morgen nicht tot war, mußte Günther sich etwas anderes einfallen lassen. Viele Wege führten ins Jenseits. Es war alles nur eine Frage der Phantasie.

Karla lag schlaflos im Bett. Sie dachte nach über das Angebot, das die Leiterin der Schönheitsfarm ihr am Nachmittag gemacht hatte. Begeistert von Karlas Massagetechnik, hatte die Frau ihr eine Festanstellung in Aussicht gestellt. Die Bezahlung war gut, und was das Schönste war: zu dem Job gehörte eine Wohnung. Wenn Karla die Stelle annahm, konnte sie in das Bootshaus am See ziehen. Nie hatte Karla einen friedlicheren Ort gesehen als dieses kleine Haus direkt am Wasser. Es hatte einen eigenen Strand. Hinter dem Haus lag ein parkähnlicher Garten, durch den ein gewundener Pfad hinauf zum Haupthaus führte, wo für Karla ein sonniger Behandlungsraum zur Verfügung stehen würde. Das Bootshaus selbst war innen geräumiger, als es von außen aussah. Unten befand sich ein zwanzig Quadratmeter großer Wohnraum mit einem Kamin. Oben waren zwei Schlafräume und ein kleines Bad. Der Wohnraum hatte ein Fenster zur Seeseite, und auch von einem der Schlafzimmer guckte man aufs Wasser.
Karla seufzte. Sie stand auf, trank einen Schluck Sprudel und trat auf ihren Balkon hinaus. Die Seminarteilnehmer waren im Haupthaus der Farm untergebracht. Von hier aus konnte Karla den Park sehen und weiter unten das Ufer, den See und das Bootshaus, das malerisch im Mondschein lag. Die Luft roch nach Flieder. Die mächtigen, alten Bäume rauschten im Nachtwind, und vom Wasser hörte man das Quaken der Frösche.

Es war so schön hier. Aber was sollte aus Günther werden, wenn Karla aus Hamburg wegzog? In dem Bootshaus war kein Platz für ihn. Für den Kater allerdings wäre es paradiesisch, hier zu leben. Er konnte Mäuse fangen, das Seeufer auskundschaften und sich mittags auf der kleinen Terrasse des Hauses sonnen.
Schweren Herzens machte Karla sich klar, daß all dies ein Traum bleiben mußte. Günther war psychisch noch recht labil. Seitdem Maja den Kontakt zu ihm abgebrochen hatte und er auch seine Kinder nicht mehr sehen durfte, neigte er zu Depressionen. Es wäre herzlos, ihn in dieser Situation im Stich zu lassen. Karla ging zurück in ihr Zimmer. Sie entschloß sich, der Leiterin der Farm am nächsten Morgen zu sagen, daß sie das Angebot nicht annehmen werde.

Am Morgen hatte der Kater noch immer nichts gefressen. Auch sein Trinknapf, in den Günther vorm Schlafengehen noch etwas Insektenvernichtungsspray gegeben hatte, war unberührt. Günther fiel ein, daß er einmal gelesen hatte, Katzen könnten wochenlang ohne Nahrung auskommen. Aber Karla würde am Abend zurück sein. Bis dahin mußte der Kater das Zeitliche gesegnet haben.
Wo war das Vieh überhaupt? Es mußte sich irgendwo verkrochen haben, denn Günther hatte es seit gestern abend nicht mehr gesehen.
Nun, erst einmal wollte er sich einen schönen, starken Tee machen. Als Günther das Wasser in den Teekessel laufen ließ, bemerkte er die roten Flecken an seinen Händen.
Was konnte das sein?
Während Günther frühstückte, breiteten sich die Flecken über immer größere Teile seines Körpers aus. Er bekam sie an den Armen, am Hals, auf der Brust und im Gesicht. Gegen Mittag bedeckten sie seinen Bauch, seinen Unterleib und

seine Beine. Sie juckten entsetzlich. Günther lief in Karlas Kosmetikkabine. Er griff sich einen Luffa-Handschuh und rubbelte Arme und Beine damit ab. Entsetzt sah er, wie die Haut sich in kleinen Fetzen löste und wie Blut aus unzähligen, winzigen Wunden schoß.

Eine halbe Stunde später saß Günther in der Ambulanz der Universitätsklinik. Ein junger Mediziner begutachtete die blutigen Quaddeln, die Günthers Körper bedeckten.

»Haben Sie einen Garten?« fragte der Arzt.

»Nein«, erwiderte Günther gereizt. Irgendwie hatten die Ärzte, mit denen er zu tun hatte, eine seltsame Art, abwegige Fragen zu stellen. Auch bei Majas Entbindung war Günther das schon aufgefallen.

»Sie haben offensichtlich mit Insekten- oder Unkrautvertilger hantiert und vergessen, sich die Hände zu waschen«, sagte der Arzt.

»Ach so«, Günther nickte. »Ja, stimmt«, sagte er. »Ich war gestern bei meinem Schwager. Wir wollten etwas gegen die Schnecken unternehmen.«

»Aha«, sagte der Arzt. »Sehen Sie? Das kommt dann davon. Die Natur schlägt zurück.«

»Erlauben Sie mal!« brauste Günther auf. »Wenn solche Mittel frei verkauft werden, muß doch davon ausgegangen werden, daß sie für den Menschen nicht schädlich sind, oder?«

Der Arzt lächelte. Mit einer lässigen Geste bedeutete er Günther, daß er sich wieder anziehen konnte.

»Ein Irrglaube«, kommentierte er Günthers Worte. »Was für Pflanzen und Tiere schädlich ist, kann auch für Menschen nicht gesund sein. Zumindest hätte Ihnen klar sein müssen, daß Sie sich Schutzhandschuhe hätten anziehen müssen. Und wenn Sie das schon nicht machen, dann hätten Sie sich nach einer derartigen Aktion die Hände waschen müssen. Und zwar gründlich.«

Wütend stieg Günther in seine Hose. Er ärgerte sich über den Tonfall des Arztes. Diese Mediziner, das war eine Berufsgruppe, mit der er einfach nicht zurechtkam.
»Da müssen wir mit Cortison ran«, sagte der Arzt. Er ging zu einem Schrank, holte ein Medikament heraus und stellte es vor Günther auf den Tisch. »Ein starkes Geschütz«, fügte er hinzu. »Hat ziemliche Nebenwirkungen. Impotenz, Gewichtszunahme. Aber da müssen Sie jetzt durch.«
»Und wie schnell wirkt das Zeug?« fragte Günther.
»Nach vierundzwanzig Stunden gehen die Hauterscheinungen zurück«, sagte der Arzt. »Sie müssen die Tabletten dann noch vierzehn Tage weiternehmen. Suchen Sie sich einen Hautarzt in Ihrer Nähe, der die Behandlung betreut.«
Als Günther in seinem Auto saß, kam ihm eine glänzende Idee. Er würde Karla gegenüber seinen Hautausschlag als Katzenallergie verkaufen. Unmöglich konnte Karla wollen, daß er sich auch nur eine Minute länger als nötig mit diesen blutenden Quaddeln herumquälte. Sie mußte einfach einverstanden sein, daß der Kater umgehend eingeschläfert wurde.
Erfreut über diese elegante Lösung des Problems machte Günther sich auf den Heimweg.

Als Karla am Abend die Wohnung betrat, saß Günther mit ernster Miene im Eßzimmer und rauchte. Karla trat näher.
»Was ist denn mit dir passiert?« fragte sie. »Bist du gestürzt?«
»Eine Katzenallergie«, erwiderte Günther. Er schenkte Karla ein gequältes Lächeln. Dann drehte er sein Gesicht ins Licht, so daß die eiternden Pusteln auf seinen Wangen voll zur Geltung kamen.
»Das kann nicht sein«, entgegnete Karla. »Du bist in deinem Leben nie allergisch gegen irgendwelche Tiere gewesen. Vermutlich hast du was Falsches gegessen.«

Günther spürte, wie sein Blutdruck anstieg. Karlas Besserwisserei war unerträglich. Es gab nichts, aber auch gar nichts, zu dem sie nicht ihren inkompetenten Senf gab.
»Ich war beim Arzt«, sagte Günther gereizt. »Die haben einen Test gemacht. Es liegt an diesem Katzenvieh! Daran besteht kein Zweifel.«
Verwirrt ließ Karla sich auf dem Kaminhocker nieder. Wo war der Kater überhaupt? Wieso war er nicht an die Tür gekommen, um Karla, wie immer, freudig zu begrüßen? Karla stand auf und ging suchend durch die Räume. Überall herrschte Unordnung. Leere Bierflaschen und Pizzakartons lagen herum. Im Wohnzimmer hatte Günther diese geschmacklose Orientbrücke, die Karla in den sechziger Jahren in einem Preisausschreiben gewonnen hatte, über den weißen Teppich gelegt. Am schlimmsten sah es in Karlas Schlafzimmer aus. Schmutzige Wäsche war im ganzen Raum verteilt. Karlas Kopfkissen hatte ein Brandloch. Einem Sockenhaufen am Fußende des Bettes entströmte ein säuerlicher Geruch. Auf der Fensterbank lag ein blutverkrusteter Luffa-Handschuh, auf dem mehrere Fliegen saßen. Im Badezimmer endlich entdeckte Karla zu ihrer Erleichterung den Kater. Er lag hoch oben auf dem Warmwasserboiler, dicht unter der Decke, und schien zu schlafen.
Karla ging zurück ins Eßzimmer und setzte sich zu Günther an den Tisch.
»Und was soll nun werden?« fragte sie. »Läßt du dich desensibilisieren? Oder gibt es ein Medikament, das dir helfen kann?«
»Im Moment schlucke ich Cortison«, sagte Günther. »Aber das Übel muß natürlich an der Wurzel gepackt werden. Auf gut deutsch: Du wirst dich von deinem vierbeinigen Freund trennen müssen.«
Wie vom Donner gerührt starrte Karla Günther an. Zugege-

ben: er sah schlimm aus. Sein verquollenes Gesicht schillerte in allen Farben des Regenbogens. Hautschuppen lösten sich von Günthers Wangen. An Nase und Kinn hatten sich blutige Blasen gebildet. Aber den Kater weggeben? Karla dachte an die vielen Momente des Friedens und des Glücks, die sie mit ihm erlebt hatte, bevor Günther in die Wohnung zurückgekehrt war. Wie sie sich vor Lachen ausgeschüttet hatte, wenn das rundliche kleine Tier auf Brummerfang gegangen war. Sie dachte daran, wie schön es gewesen war einzuschlafen, während der Kater sich schnurrend an ihren Rücken geschmiegt hatte. Sie dachte an des Katers Freude, wenn sie vom Einkaufen heimgekommen war, an die Neugierde, mit der er ihre Tüten beschnuppert hatte, in der Hoffnung, Karla könnte ihm ein paar Krabben mitgebracht haben.

»Herrgott, Karla!« sagte Günther. »Mach nicht so ein waidwundes Gesicht. Du guckst ja aus der Wäsche, als hätte dir einer dein Kind geraubt.«

Karla wandte sich ab. Sie fühlte, wie ihr die Tränen kamen.

»Du wirst doch wohl nicht wollen, daß ich für den Rest meines Lebens so herumlaufe«, sagte Günther aufgebracht. »Den Gang zum Tierarzt übernehme natürlich ich«, fügte er in sanfterem Ton hinzu. »Das Tier wird von der ganzen Sache nichts spüren. Das verspreche ich dir.«

Günther ging in die Küche und zog sich ein Bier auf. Karlas Verstocktheit ärgerte ihn. Er nahm die Fernsehzeitung zur Hand. Für heute hatte Günther sich etwas angekreuzt: Um Viertel nach zehn sollte es bei RTL einen Film über Kriegsgreuel in Tschetschenien geben. Ob er sich den Beitrag lieber bei Friedhelm ansehen sollte? Auch der war ja politisch interessiert und verfolgte die militärischen Konflikte auf der Welt mit großem Interesse.

»Willst du noch weg?« fragte Karla, als Günther mit Hut und Lederjacke ins Zimmer trat.

»Kurz rüber zu Friedhelm«, sagte Günther. »Bin in zwei, drei Stündchen wieder da.«

Es war vier Uhr morgens, als Günther die Treppe zu Karlas Wohnung wieder heraufwankte. Zu später Stunde hatte Friedhelm noch eine Flasche Schnaps zutage gefördert, die er von einer bosnischen Flüchtlingsfamilie geschenkt bekommen hatte. Und wie es unter alten Freunden eben war: ein Wort hatte das andere ergeben, und man war bis zum Morgengrauen sitzen geblieben. Die beiden Männer waren unter sich gewesen, denn Friedhelms Frau hatte sich, nachdem sie Günther kurz begrüßt hatte, fluchtartig ins Schlafzimmer zurückgezogen.

Die hat mich nie gemocht, dachte Günther, während er die letzte Treppe in Angriff nahm. Vermutlich, weil ich nie mit ihr ins Bett wollte. Aber wer aussah wie ein vertrocknetes altes Suppenhuhn, der mußte sich nicht wundern, wenn die Männer nicht anbissen.

Ich werde Karla wecken, dachte Günther, während er versuchte, seinen Schlüssel ins Schloß der Wohnungstür zu bekommen. Was hatte dieser junge Arzt gemeint? Cortison ginge auf die Potenz? Günther grinste. Bei mir nicht, dachte er. Heute war ihm einmal wieder danach. Und schließlich hatte er sich bei Karla lange genug zurückgehalten. Es war Zeit, daß sie ihre ehelichen Beziehungen wieder aufnahmen. Natürlich war Günther klar, daß Karla im Bett nicht bieten konnte, was Maja geboten hatte. Maja war in sexueller Hinsicht ein Traum gewesen. Diese Biegsamkeit, diese Grazie – von einer Fünfzigjährigen konnte man derartiges nicht verlangen. Aber das tat Günther ja auch nicht. Er war bereit, sich mit Hausmannskost zufriedenzugeben.

Endlich hatte Günther den Schlüssel im Schloß. Er betrat den Flur. Was war hier los? Alle Zimmer waren hell erleuchtet. In

Karlas Schlafzimmer stand der Schrank offen. Nur noch ein paar Blusen hingen auf den Bügeln. Sonst war alles ausgeräumt.
»Karla?« rief Günther. Benommen vom Alkohol wankte er erst ins Wohnzimmer, dann ins Eßzimmer. Aber Karla war nirgends zu entdecken. In der Küche schließlich fand Günther einen Brief auf dem Tisch.
»Lieber Günther«, stand da in Karlas schöngeschwungener Handschrift. »Wie es aussieht, muß ich mich entscheiden zwischen meinem Haustier und Dir. Ich habe mich für den Kater entschieden. Ich gehe weg aus Hamburg. Ich habe ein berufliches Angebot in einer anderen Stadt bekommen. Den Kater nehme ich natürlich mit. Seinen Freßnapf, sein Klo sowie sein Kuschelkissen habe ich aus der Wohnung entfernt, so daß sich dein allergischer Ausschlag hoffentlich bald bessern wird. Die Wohnung kannst du behalten. Ich schenke sie Dir. Wenn Du in den hinteren Teil ziehst und die vorderen Räume untervermietest, kannst Du von dem Erlös ohne Sorgen leben.
Ich wünsche Dir Glück, Günther. Bitte such mich nicht. Ich möchte Dich nicht wiedersehen.
Lebe wohl, Karla.«

Karla saß auf der Terrasse und blickte auf den See hinaus. Neben ihr, in seinem Körbchen, schlief der Kater. Der Abend war sonnig; aber allmählich wurden die Tage kürzer, und wenn man genau hinguckte, sah man, daß die Blätter der Bäume sich langsam zu färben begannen.
Seit sechs Wochen arbeitete Karla auf der Farm. Es war kein reines Vergnügen. Manche Gäste waren hochnäsig und schwierig. Viele, die hierherkamen, hatten Probleme – mit dem Alter, mit der Liebe, mit der Angst.
Wenn Karla gegen sechs Uhr abends ihren Behandlungsraum zumachte und hinunterging zum Bootshaus, fiel die An-

spannung des Tages schnell von ihr ab. Je nach Wetterlage machte sie es sich auf der Terrasse oder am Kamin gemütlich, verzehrte ihr Abendbrot und las die Zeitung. Später brach sie oft noch zu einem Spaziergang am Seeufer auf, fütterte die Enten oder beobachtete die Segelboote, die in der Abendsonne auf dem Wasser kreuzten.
In dem kleinen Bootshaus gab es eine Menge zu tun. Die Küche mußte gestrichen werden. Vorhänge mußten genäht werden. Da Karla ihre alten Möbel in Hamburg gelassen hatte, streifte sie an den Wochenenden über die Flohmärkte und kaufte alte Kommoden, Stühle, einen Tisch und ein Bett, das sie zu Hause abschmirgelte und neu lackierte.
All das machte eine Menge Spaß, und wenn Karla abends schlafen ging, fühlte sie sich auf gesunde und wohltuende Weise erschöpft.
Vor zwei Wochen war Karla fünfzig geworden. Wenn sie an die vielen weiblichen Gäste auf der Farm dachte, für die der fünfzigste Geburtstag ein gefürchtetes Ereignis war, wunderte Karla sich oft, daß sie von diesen Schrecken – die sie auch gekannt hatte – nichts mehr spürte. Viele dieser Frauen hatten Angst, von ihren Männern verlassen zu werden. Am schlimmsten waren diejenigen dran, die jüngere Partner hatten. Manchmal erzählten diese Frauen Karla während der Massage von ihren Alpträumen. Sie träumten, daß ihre jüngeren Freunde sich von ihnen abwendeten. Sie träumten, sie müßten Blumen streuen bei der Hochzeit ihres Geliebten, der natürlich nicht sie, sondern eine junge, blühende Frau heiratete, die obendrein noch schwanger war. Sie träumten, daß alle Welt mit Fingern auf sie zeigte, sie auslachte und verhöhnte, weil sie tatsächlich geglaubt hatten, mit ihrem welken Fleisch und ihrem grauen Haar könnten sie noch Frauen sein, die dauerhaft geliebt, verehrt oder begehrt wurden.
Wenn Karla diese Schilderungen hörte, war sie erschrocken

über das Ausmaß von Verzweiflung, das hinter den Fassaden dieser modernen, selbstbewußten Frauen lauerte. Sie hatten gute Jobs, Geld, lose Mäuler, schicke Autos und elegante Kleider. Aber in Wirklichkeit krümmten sie sich vor Angst wie hilflose Würmer in einer heißen Bratpfanne.
Karla fand, daß es unbestreitbare Vorteile hatte, nicht geliebt zu werden. Man war zwar alleine, niemand berührte und tröstete einen. Aber man war frei. Frei für die Reisen, die man machte, frei für die Bücher, die man las, frei für die Menschen, denen man begegnete und mit denen man sich vielleicht anfreundete. Kein Gespenst ständiger Erwartungen saß einem im Nacken. Das schleichende Gift männlicher Destruktivität sickerte nicht mehr durch das tägliche Leben. Karla fand diesen Zustand schön.
»Und was ist mit Sex?« fragten die Frauen, die sich von Karla massieren ließen, manchmal, wenn sie erfuhren, daß Karla alleine lebte. »Haben Sie denn niemals Sex?«
Aber Karla vermißte den Sex ebensowenig wie die sonstige Präsenz eines Mannes. Man konnte sich an Sex gewöhnen. Man konnte sich genausogut daran gewöhnen, ohne Sex zu leben. Im Grunde war es einerlei.
Karla sah, daß der Himmel sich verdüsterte. Ein Gewitter zog auf. Erste Windböen kräuselten das Wasser des Wannsees, und wie immer vor einem Unwetter quakten die Enten und Frösche aufgeregt durcheinander.
Karla räumte das Geschirr zusammen und ging ins Haus. Der Kater folgte ihr. Und dann ging es auch schon los. Blitze zuckten über dem See, Donnerschläge krachten, so heftig, daß man hätte denken können, der Tag des Jüngsten Gerichtes sei angebrochen.
Der Kater fürchtete sich, und kaum hatte Karla sich in ihren Schaukelstuhl gesetzt und ihr Strickzeug zur Hand genommen, sprang er auf ihren Schoß und kuschelte sich an ihren

warmen Körper. So saßen die beiden im Halbdunkel des Zimmers. Karlas Stricknadeln klapperten. Als das Gewitter vorbei war, wurde es wieder hell.

Ende

Sue Miller

Ansichten einer Familie

Roman

Aus dem Amerikanischen von
Michaela Grabinger

Band 11934

Man begleitet die Entwicklung der Familie Eberhardt als Geschichte der Entwicklung von Individuen in einer Gemeinschaft, als Geschichte vom Ende einer großen Liebe und von Schwierigkeiten mit dem Erwachsenwerden. Der Roman zeigt die Zwangsläufigkeit, den engen Spielraum, den jeder Mensch bei seinen Entscheidungen hat und damit die Sinnlosigkeit der Frage nach Gut und Böse. Brennpunkt ist immer wieder der autistische Randall.

»Es ist ein Roman, der vielleicht sogar Virginia Woolf überrascht und beeindruckt hätte – ernsthaft, pointiert, ambitioniert, aufmerksamkeiterregend, originell und wahr. Ein wichtiges Beispiel einer neuen amerikanischen Tradition, die beweist, daß man nicht auf entlegene Territorien ausweichen muß, um ein wichtiges Buch zu schreiben.«

Jane Smiley, *New York Times Book Review*

Mary Flanagan

Liebeszeichen

Roman

Aus dem Amerikanischen
von Susanne Lepsius und Anne Steeb

Band 12932

Eleanor Linnane, einst gefeierter Mittelpunkt jeder Gesellschaft, kann sich nur noch auf den dicklichen, achtbaren Charles Bevan verlassen. Er ist ihr als Freund und Anwalt treu ergeben, und daß er gerne mehr für sie wäre, behält er taktvoll für sich. Denn Eleanor ist nur von dem einen Gedanken besessen, nämlich Rache zu nehmen an dem Mann, mit dem sie zehn Jahre lang zusammengelebt hat. Dieser Mann, Jason Englefield, ein Mensch mit Hang zum Unversöhnlichen und Maler unverkäuflicher Bilder, hat sie nach bitteren Kämpfen aus seinem Haus und seinem Leben hinausgeworfen – und, was schwerer wiegt, sie von seiner Tochter Clover getrennt, die Eleanor wie eine Mutter liebt. Für Eleanor beginnt eine ruhelose Odyssee, ein vogelfreies Leben, das sie kaum erträgt, wären da nicht Charles Bevan mit seiner Fürsorge, die Liebe zu Clover und eine Erbschaft, die ihr Leben wenigstens äußerlich erleichtert. Doch sie bekommt ihre Genugtuung, wenn auch in ganz anderer Form, als sie es erhofft hat: Ihr Begräbnis setzt Ereignisse in Gang, von denen sie zu Lebzeiten nicht zu träumen gewagt hätte...

Fischer Taschenbuch Verlag

fi 251 / 6

Jill Ciment

Schwerelos

Roman

Aus dem Amerikanischen von Claudia Böttger

Band 12933

Gloria ist Handelsvertreterin, eine exzentrische Person, die mehr oder weniger alles an den Mann zu bringen versucht, was man sich vorstellen kann, vom Metalldetektor bis zum Aphrodisiakum. Doch ihre eigentliche Handelsware ist die Hoffnung: »Mich interessieren nicht ein paar banale Dollars, mich interessieren die Träume der Menschen.« Sie und ihre Tochter Kim fahren kreuz und quer durch den Südwesten der USA, ziehen von Trailerpark zu Trailerpark, immer auf der Flucht vor der Steuerbehörde und dem Postminister. Dies ist die Welt, in der Kim aufwächst – bis eines Tages Arthur im wörtlichen Sinne in ihr Leben kracht, ihren Trailer demoliert und Kims Herz erobert. Als das Mädchen und der sanfte, sehr viel ältere Mann anfangen, sich ineinander zu verlieben, zeichnet sich am Horizont ein neues, kaum weniger seltsames Zuhause ab als das bisherige – die Essenz der Träume, die Gloria ihren Kunden ihr ganzes Leben zu vermitteln versucht hat. Abwechselnd lyrisch, komisch und über die Maßen traurig, hat dieser Roman all die Zutaten, die Träume letztlich zur Wirklichkeit werden lassen: eine verrückte Idee, das Glück des Zufalls und sehr viel Menschlichkeit.

Fischer Taschenbuch Verlag

fi 280 / 8

Martha Bergland

Die Farm am Grunde des Sees

Roman

Aus dem Amerikanischen von
Renate Orth-Guttmann

Band 12749

Eine Fahrt in die Gegend ihrer Kindheit läßt Janets alte Träume wieder wach werden: Landschaften, Gerüche und Farben des Mittleren Westens und nicht zuletzt die Wiederbegegnung mit ihrem Schwager Carl, den sie einmal geliebt hat und vielleicht immer noch liebt, wecken längst vergessen geglaubte Gefühle und die Sehnsucht, wieder so zu leben wie früher, auf einer Farm inmitten der Natur.

»Treffsicher und ehrlich ... und wunderbar einfühlsam.
Martha Bergland hält den Leser gefangen.«
The New York Times Book Review

»Ein genau beobachteter,
eleganter zeitgenössischer Roman, der ein
vom Verschwinden bedrohtes Amerika feiert.«
Los Angeles Times

Fischer Taschenbuch Verlag

fi 216 / 8